KB158338

청매원의 봄

표지그림 **이원희**

이원희 화백의 그림은 사실주의에 뿌리를 두고 있다. 서양화의 매체인 유화로 생명력 있는 필법과 여백의 미는 한국의 산수화를 의미 있게 표현한다.

그는 한국의 자연을 그대로 재현하는데 그치지 않고, 자연의 공기와 호흡까지 담아내고 있으며, 고향에 대한 애틋한 정감과 평화스러운 농촌풍경의 따뜻함을 서정적으로 표현해 내고 있다. 그의 담담한 붓 터치와 화폭에 담긴 풍경을 통해 자연에 투영된 화백의 세계관을 엿볼 수 있다.

계명대학교 미술대학 학장을 역임했다.

— 박춘자(송아당화랑 대표)

청매원의 봄

이기창 수필집

수필미학사

머리말

　퇴직하고 나니 시간상으로 여유가 생겼고 사색에 드는 때가
잦았다. 무료한 날이 이어졌다. 그래서 시작한 일이 농원을 가꾸
는 일이었다. 그것도 정신적 결핍을 모두 채워주지는 못했다. 무
언가 알맹이가 없는 기분이 들었다. 도자기 가게를 열고 다도茶
道도 배웠다. 모임에 열심히 참석하고, 여행을 하는 등 재미있는
일을 찾아 해보았으나 성에 차지 않았다.

　쾌락은 순간적인 즐거움일 뿐이라 지나고 나면 늘 허전함만
남았다. 『예기』에 '사람이 배우지 않으면 도를 모른다.' 라는 말
이 있다. 틈틈이 책을 읽어 사유의 폭을 넓혀가는 일만이 정신적
양식을 얻는 길임에도 실천이 어려웠다.

　좋은 글을 쓰려는 거창한 목표가 아니라 매일 잠깐씩 고전을
펴들었다. 그리고 시작한 일이 수필 읽기였다. 작가마다 글에
서 다양한 삶의 모습을 펼쳐냈다. 내 모습을 글이라는 거울에
비추어보면 어떨까 싶어 수필을 써보고 싶다는 욕망이 생겼다.

　매실 농원을 가꾸면서 느낀 자연의 아름다움, 도공의 혼이 깃

든 도자기 문화, 정신을 맑게 하는 다도 공부가 일상으로 자리 잡았다. 일상의 체험을 글로 남기는 일은 또 다른 즐거움이 되었다.

　지식은 모래알 같아서 삶에 뿌리를 내리지 못하면 언제든지 물결에 쓸려 내려가고 만다. 머리로 안 지식이 가슴으로 내려와 마음에 동화되고 행동으로 나타나야 비로소 온전히 내 것이 된다고 한다.

　내 안의 진수를 꺼내기 위한 노력이 부질없을지도 모른다. 하지만 그 일 자체가 정신적 치유가 된다면 그 길은 갈 만하다는 생각으로 글을 쓴다. 퇴직이 새로운 시작의 첫걸음이 되었음에 감사하면서 무상을 넘는 한 편의 수필을 쓸 수 있길 소망한다.

甲午年 元旦. 靑白軒에서
이 기 창

차례

청매원의 매화

대발(백산 김정옥 작)

2부 _ 목리문 木理紋

다완 (백산, 김정옥 작)

3부 _ 전통의 향기, 군자마을

4부 _ 엄마표 김치

단지 (골동)

청백요

5부 _ 비상을 꿈꾸다

1 부

버리는 매화

나는 틈만 나면 농원에 간다. 내 손길이 스쳐간 모든 나무와 꽃들이 귀여운 손자를 닮은 듯하고, 지저귀는 새들은 친구라는 생각이 든다. 농원은 어느새 나의 터전이 되었다. 꽃 피는 봄이 오면 매향梅香 짙은 들차 모임이 열리고, 태양이 작열하는 한여름이 되면 소나무 속에 있는 쉼터에서 독서 삼매경에 빠지기도 한다.

새로운 시작

내가 가꾸고 있는 과수원은 농원이라는 이름이 걸맞지 않다. 동네 근처 넓지 않은 밭에 채소와 과일나무가 심어져 있고 농기구를 보관하는 작은 창고와 휴식을 위한 컨테이너가 고작이다. 그러나 '청매원'이라고 하면 훌륭한 농원이 된다.

십오여 년 전 텔레비전을 보다가 섬진강 가의 매화 축제 전경을 보았다. 매화 축제의 중심에는 전통 식품 매실 명인 칭호를 받은 '홍쌍리'라는 주인공이 있었다. 직접 방송에 출연하여 나누는 대담을 흥미롭게 들었다.

밀양에서 태어나 부산 서면시장에서 작은아버지의 가게를 돕고 있던 앳된 처녀는 멀리 섬진강 가에 사는 단골손님의 간곡한 청을 받아들여 산 설고 물 선 타관 땅으로 시집을 갔다. 그때만 해도 강기슭의 산에는 밤나무가 대부분이었단다.

어느 날 시아버지가 일본에서 매실묘목을 구해다 심은 것이 계기가 되어 농원을 조성하게 되었다고 했다. 그녀의 나이 스무 살을 갓 넘긴, 반세기 전부터 '청매실 농원'이라는 이름으로 농원을 가꾸어 왔다.

밤나무를 캐낸 뒤 매실 묘목을 심고 가꾸느라 손톱이 닳아지고 급기야 손가락이 뭉개지는 고통을 참아내면서 평생 노력한 결과가 청매실 농원이라고 했다. 농원의 모습도 아름다웠지만 한 가지 목표를 향해 최선의 삶을 산 한 선지자의 모습이 잔잔한 감동을 주었다. 거기다 매실의 탁월한 효능과 선비 기질을 닮은 매화의 그윽한 향기가 나를 유혹하였다. 기회가 되면 매실 농원을 가꾸어 보리라 마음속으로 다짐했다.

이듬해 봄, 섬진강 가의 매화 축제를 기다렸다. 매화 축제에 참가하여 새 생명의 향연을 펼치는 자연의 아름다움을 체험했다. 따스한 봄볕을 받은 섬진강물은 옥구슬처럼 반짝였고, 매화 향기 실은 봄바람은 부드럽고도 감미로웠다. 농원에서는 피어나는 매화를 위무하듯 꿀벌은 찬미의 노래를 불렀다. 해마다 축제가 시작되면 나는 섬진강 가를 찾아 매향을 즐기고, 전문가로부터 매실에 관한 다양한 지식을 배웠다.

십수 년 전, 매실 농원을 만들고 주말에 채소라도 가꾸어 볼 양으로 아카시아와 잡초가 무성한 땅을 마련했었다. 밭을 일구어 보기도 전에 바로 IMF 환란換亂 사태가 오는 바람에

다니던 은행이 없어지고 하루아침에 거리로 내몰리는 질곡桎
梏이 찾아왔다. 낮은 캄캄하고 밤은 새하얀 날의 연속이었다.
잠 못 이루던 어느 겨울밤, 나는 책 한 권을 펼쳐 들었다.

친구여, 뚜렷한 근거가 떠오르거든, 어리석음이 더 커져서 행동
을 방해하기 전에, 그대를 묶어 놓고 있는 것들로부터 멀어지
라. 시골이라면 그대와 잘 어울릴 것이다. 나무와 물에게 그대
를 필요하게 하라. 곡식이 영그는 땅에 그대의 보금자리를 만들
면, 땅과 풀이 그대를 먹여 살리리. 벌판의 바람이 그대를 둘러
싸리. 그대를 시기하는 사람들의 질투를 마음에 두지 말고 흘러
가게 하라. 신에게 감사하고 축복하는 마음을 가질 것.
그리고 자네, 앉아서 쉬게나.

— 투서(Thomas Tusser) 『좋은 농부가 되는 오백 가지 방법』

헬렌 니어링과 스코트 니어링 부부가 함께 쓴 『조화로운
삶』이라는 책의 맨 앞 장에 인용해 놓은 글이다.

밤새워 책을 읽으며 캄캄한 지하에서 비상구를 찾은 기분
이었다. 날은 더디 샜지만 아침 햇빛은 찬란했다. 묵정밭으
로 가서 톱으로 아카시아를 자르고 곡괭이로 뿌리를 캐기 시
작하였다. 땅속은 나무 뿌리가 거미줄처럼 엉겨 있어서 어느
것을 먼저 잘라내야 할지 도무지 엄두가 나지 않았다. 한 그
루의 나무 뿌리를 캐내는데 하루가 걸리고 이틀이 부족할 때

도 있었다. 고된 작업은 계속되었고 물집이 생긴 손바닥은
붕대로 감고 몸은 녹초가 되었지만, 마음은 차츰 평온을 찾
았다. 땀 흘리고 난 뒤 새참과 함께 먹는 시원한 막걸리 맛은
말로써 표현할 수 없었다. 건강한 몸으로 노동할 수 있고 때
맞춰 시장기를 느낄 수 있음은 그것만으로도 축복받은 일이
아닌가.

새봄이 찾아오니 제법 밭의 모양새를 갖추게 되어 무언가
를 심을 차례가 되었다. 겨우내 궁리해 둔 게 있었다. 매실나
무와 자두나무를 반씩 나누어 심고 무궁화와 남천으로 울타
리를 만들었다. 퇴계 선생은 도산 서원에 '절우사節友社'를 짓
고 매화나무를 심어 '매형梅兄'이라 부르며 평생 벗을 삼았듯
이 나도 눈 속에서 가장 먼저 꽃을 피우는 매화의 기개를 사
고 싶었다. 빛깔 곱고 부드러운 매실주의 감칠맛, 그윽한 매
화 차 향이 그리웠는지도 모른다.

열심히 물을 주고 퇴비도 넣어 주었더니 나무들은 모두 잘
살아서 가을에는 제법 새 가지가 많아졌다. 늦가을에는 감나
무와 복숭아, 살구나무도 몇 그루씩 심었다. 새봄에는 밭 한
쪽에 잔디와 영산홍과 석류나무도 심어 작은 정원을 만들었
다. 아내도 덩달아 이름 모를 꽃나무를 자꾸 가져다 날랐다.
올해 초봄에는 복수초의 꽃대가 보이는가 하더니 이내 노랑
꽃봉오리를 터트렸다.

매실을 따내고 여름이 되니 자두가 빨갛게 익어 가고 있다. 까치란 놈은 마수걸이 선수라서 가장 잘 익고 맛있는 자두만 골라 한 번씩만 쪼아 먹는다. 새끼 여럿을 달고 다니는 멧돼지는 옥수수 밭을 쑥대밭으로 만들어 놓았지만 그리 아깝지가 않다.

틈만 나면 농원에 간다. 내 손길이 스쳐간 모든 나무와 꽃들이 귀여운 손자를 닮은 듯하고, 지저귀는 새들은 친구라는 생각이 든다. 농원은 어느새 내 삶의 터전이 되었다. 꽃 피는 봄이 오면 매향梅香 짙은 들차 모임이 열리고, 태양이 작열하는 한여름이 되면 소나무 속 쉼터에서 독서 삼매경에 빠지기도 한다.

흙이 생명의 근원이기 때문인지 가까이 하는 것만으로도 편안함을 느낀다. 그리 큰 소득이 없더라도 스스로 만족하는 삶을 살아갈 수 있겠다는 희망이 싹튼다. 흙과 함께한 새로운 시작이 나와 가족을 살렸다.

미술관 가는 길

아름다운 길을 갈 수 있다는 것은 행운이다.

내가 가꾸는 농원이 대구미술관 근처에 있어 미술관 가는 길을 자주 오갈 수 있으니 얼마나 큰 복인가. 길 주변에는 운동경기나 다양한 행사가 열리고 풍경이 아름답기에 걸어 다닐 때가 잦다. 봄길은 생명의 향기를 느끼게 한다. 생명은 곧 희망이다. 희망이 있기에 세상은 아름답다. 여름 길에는 성장과 정열이 느껴진다. 녹색의 향연이 펼쳐지고 젊은 함성이 메아리친다. 가을 길은 풍요와 결실의 기쁨을 전해 준다. 마음이 넉넉해지고 저절로 감사하는 마음이 생기게 한다. 겨울 길에는 고요가 찾아오고 빛은 어둠 속으로 숨어든다. 어둠은 새 생명의 잉태를 예비한다. 멀지 않아 계절이 바뀌면 봄 길의 아지랑이가 유혹의 손길을 보낸다.

삼성현로에 들어서다

봄을 맞이하러 집을 나서면 삼성현로다. 원효, 설총, 일연 세 분 성현을 기리기 위해 붙여진 이름이라 한다. 성현의 숨결이 느껴지는 이른 봄 길에는 인내와 고통의 흔적이 남아 있다. 어둠과 겸손은 인내를 동반하지만, 천상의 빛을 드러나게 해준다. 대구시립 노인병원이 눈앞에 다가오니 길옆 건천지의 찰랑거리는 물결은 가장자리에 남아 있는 얼음 속을 쉼 없이 드나든다. 물새 대여섯 마리가 숨바꼭질을 한다. 차례대로 자맥질하는 모습이 볼 때마다 달라지는 오류도를 연상하게 한다. 언덕 위의 노인병원은 인생의 상징이다. 다가오는 봄은 인생의 끝자락을 잡고 있는 노인에게 생명의 기적을 전하는데, 왠지 외롭고 쓸쓸한 기운이 봄 길의 나그네를 상념에 잠기게 한다. 수많은 인생의 길 중 어느 길이 가장 아름다운 길일까?

봄비에 얼었던 땅이 풀리고 생명체의 기지개 켜는 소리가 요란하다. 개나리는 훈풍에 간지럼을 타는지 꽃도 피우기 전에 춤부터 추고, 산수유 가지에는 혹한의 고통을 이겨낸 흔적이 꽃눈으로 자란다. 노인병원 언덕배기에 영산홍이 차마 못다 이룬 이승의 한을 선홍색 핏덩이처럼 토해낸다. 남쪽 성암산도 물감을 뿌려놓은 듯 온 산이 한 폭의 수채화가 된다.

유니버시아드로는 뜨겁다

노인병원을 지나면 바로 유니버시아드로에 접어든다. 그 길에는 여름의 추억이 켜켜이 쌓여 있다. 자연과학고를 비롯한 세 개의 고등학교에서 쏟아져 나오는 남녀 학생들은 언제나 열정과 활력이 넘친다. 청춘의 심장이 고동치는 소리가 왁자지껄하다. 사직단 돌 축대를 기어오르는 담쟁이넝쿨에도 연륜이 더해져 잎은 손바닥만큼 커지고 두터워진다. 짙은 녹색 커튼이 되어 한여름 찌는 더위 속의 청량제가 된다. 월드컵스타디움이 가까워지니 무성한 나뭇잎은 신록의 터널을 이룬다.

키 큰 밀레니엄나무는 행인의 땀을 닦아 주고 키 작은 남천은 달아오른 아스팔트의 열기를 식힌다. 녹지에는 산수유, 백일홍 등 수십 가지 나무가 작은 수목원을 이룬다. 청춘 남녀는 노출로 뜨거운 태양에 맞서 보지만 이내 백기를 들고 숲속으로 숨어든다. 이글거리던 태양도 저녁이 되니 힘을 잃고 서쪽 하늘을 붉게 물들이며 하루를 마감한다. 라이트가 켜진 경기장엔 밤이 깊어가지만 열기는 더해지고 젊은 함성은 그칠 줄 모른다. 수년 전 하계 유니버시아드대회 때 울려 퍼지던 관중의 함성이 아직도 들리는 듯하다.

월드컵 축구경기 모습은 생각만 해도 가슴이 설레고 붉은

악마들의 정열에 찬 응원 소리가 뇌리를 맴돈다. 세계 최고의 속도를 자랑하는 검은 대륙의 영웅이 속도에 매몰되어 눈물짓던 세계육상경기대회도 유니버시아드로를 더욱 뜨겁게 달구어 놓았다. 한여름의 열정에 빠진 것도 순간이다. 바쁜 세상 속을 뛰어 다니는 사이 청춘은 여름날 뜨거움만큼 빠르게 지나간다. 이제 또 다른 길을 가야 한다.

월드컵로를 지나 미술관로를 가다

월드컵스타디움을 지나면 금방 경기장 네거리에 이르고 갈 길을 선택해야 한다. 좌회전 신호를 받으며 월드컵로 남단으로 들어선다. 옆 녹지에는 백두대간 어디에서 모셔온 듯 한 금강송이 세속이 낯선 듯 한껏 목을 빼 올린 채 하늘만 처다보고 있다. 솔 향에 취해 잔디에 누워있는 청춘 남녀의 모습이 잠자던 추억을 깨운다. 멀리 지나쳐버린 나의 청춘시절을 회상하는 사이 목적지인 미술관이 가까워진다.

발간 피부의 소나무와 간지럼을 잘 타는 백일홍으로 치장한 미술관로는 산기슭 아래로 이어진다. 대덕산은 수많은 예술 작품을 품은 채 온전한 대공원으로 다시 태어나기를 기다리면서 묵묵히 그 자리를 지키고 있지만, 나무들은 다가올 고난의 시간을 위해 벌써 형형색색으로 옷을 갈아입느라 부산하다.

수확을 마친 들판에는 풍요와 여유로움을 즐기는 참새 떼의 유희가 소풍 나온 사람들을 희롱하는 듯하다. 높디높은 가을 하늘에 흰 구름 조각이 생과 멸을 수없이 반복하는 동안 시간은 어김없이 흐른다. 황혼이 다가오고 머지않아 빛은 사라질 것이다. 이제부터 모든 것을 내려놓고 겸손을 배울 때다.

출발점에 따라 미술관 가는 길은 여러 갈래다. 범안로의 봄 길은 하얀 벚꽃이 함박눈처럼 피어나 가슴을 부풀게 하고, 가을날 달구벌로에는 찬란한 금관이 무수히 열린다. 노랗게 물든 은행잎이 미풍에 흔들리는 모습은 박물관 안에 갇혀 있는 천 년의 그리움이 떨고 있는 듯하다. 자연의 길이 아름다운 건 사람들의 애환이 세월 속에 녹아 있고, 나그네의 피와 땀이 배어 있기 때문이 아닐까.

청매원의 봄

춥다고 일을 미룬 것이 화근이었다. 벌써 끝내어야 할 매실나무 전정剪定을 아직 마무리하지 못하고 게으름을 피운 것이다. 나태해진 일상이 무미건조하고 무력감을 느낀다. 추위 때문에 움츠린 채 실내 생활을 많이 한 탓이리라. 심기일전해야 겠다는 생각에 마음을 다부지게 먹고 새벽 미사를 위해 집을 나서니 겨울 칼바람이 뼈 속까지 파고들었다.

추운 날씨 때문에 오늘도 농원에 가기는 틀렸다는 생각을 하면서 성당 마당으로 들어서려는데 파지 수집하는 동네 할머니가 반갑게 다가왔다. 춥지 않느냐고 인사를 했더니 이럴 때 일수록 열심히 준비해 놓아야 다가오는 봄맞이가 수월해진다고 했다. 파지를 많이 모았다고 즐거워하시는 할머니의 웃음이 삶의 진지함과 희망을 느끼게 하였다.

할머니 덕분에 용기를 얻어 농원에 갔다. 나무도 추위를 간신히 견디며 긴 겨울잠에 빠져 있을 것이라 생각했는데 예상은 빗나갔다. 메마른 등걸에 죽은 듯이 붙어 있는 가지에는 이미 팥알만 한 꽃눈이 맺혀 해산이 멀지 않았음을 예고하고 있었다. 제때 정지整枝 작업을 해주지 못하고 새 생명을 잉태한 가지를 자르려니 미안하고 측은해서 마음이 편하지 않았다.

메마르고 척박한 땅에 뿌리 내려 인고의 세월을 견뎌낸 나무들이 거룩한 생명의 신비를 실감하게 해주었다. 가지마다 옹골지게 맺혀서 옹기종기 매달려 있는 꽃눈은 새봄의 희망을 말없이 키우고 있었다.

잘라낸 가지가 아깝고 미안해서 한 다발 가져와 가게의 도자기 꽃병에 꽂아 놓았다. 난방과 햇살 덕분인지 꽃눈은 하루가 다르게 커지는 모습이 역력하였다. 보름쯤 지나서였을까. 가게 문을 열고 들어서니 하얀 매화가 활짝 피어 있었다. 꽃만이 아니었다. 매화 향이 가득한 가게 안은 따뜻한 봄날 매실 농원에 온 기분이었다. 찻잔에 매화 한 송이 띄우니 옛 선비의 다반향초茶半香初 수류화개水流花開의 경지를 알 것 같기도 하였다. 그러나 그것은 한겨울 동안 고통을 이겨내고 모아둔 영양분을 소진해 버린 꽃눈의 아픔이었다. 인위적으로 빨리 핀 매화는 오래가지 못하고 저버리니, 시들은 흔적이 가슴을 아리게 하였다.

며칠 지나 다시 농원에 가보니 팥알 같던 꽃눈은 흰 콩알만큼 커지는가 했더니 벌써 꽃망울을 터트렸다. 콩알이 부풀어 이내 하얀 눈송이로 피어난 것이다. 한 그루의 나무에도 남쪽 가지에는 꽃이 빨리 핀다. 조금 늦게 핀 꽃이 먼저 핀 꽃을 샘내는 듯하다. 농원은 함박눈 천지로 변하고, 꽃향기 머금은 미풍은 얼굴을 간질인다. 매화나무 가운데 서서 새싹이 움트는 소리에 귀를 기울이니 나도 한 그루 나무가 된다. 가만히 꽃을 들여다보니 노란 수술에는 수많은 희망의 낱알이 박혀있고 매화 송이 송이에는 얼마 전 성당에서 본 파지수집 할머니의 웃는 얼굴이 포개어졌다.

눈앞에 펼쳐진 봄의 향연이 사색에 빠지게 한다. 눈을 감고 지나간 몇 년을 반추해본다. 직장을 잃고 실의에 빠져 있을 때 기다리던 봄이 오는 소리를 들을 수도 볼 수도 없었다. 황량한 겨울 들판은 영원히 봄이 오지 않을 성 싶었다. 벌거벗은 채 겨울을 보낸 나무는 계절이 바뀌면 새 옷으로 갈아입고 꽃을 피우는데, 내가 맞이할 새봄은 몇 번이나 될까 가늠해보던 날이 어제 같다. 다행히 흙을 만나 땀 흘려 가꾼 농원이 새봄의 풋 냄새와 넘치는 생기를 느끼게 해주니 감사할 따름이다.

현란한 색깔로 치장한 장끼 한 마리가 까투리를 유혹하고, 어디선가 꿀벌이 날아들어 웅성대는 가운데 아직 봄은 수줍

은 듯 모습을 감추고 있다. 가까운 날, 매화가 만개하면 겨우
내 보지 못한 친구들을 불러 들차 모임이라도 가져야겠다. 청
매원의 봄은 내 가슴에 온통 푸른 물을 들인다.

버리는 매화

올해 봄은 일찍 찾아왔다. 절기상 입춘이지만 꽃샘추위라고 하기엔 동장군의 기세가 매섭다. 설을 쇠고 아이들을 보내고 나니 집안에 고요가 찾아들고 어린 시절 설날이 떠오른다. 설 치장을 한 가족이 차례를 지내고 윷놀이로 한창 흥거울 때 슬며시 텃밭으로 나가시던 조부님 모습이 눈에 선하다. 자손들을 배려하는 뜻도 있지만 밭의 흙을 만져 보시면서 신년 농사 구상을 하시려고 그랬던가 싶다.

날씨는 아직 차갑지만 옷을 두껍게 입고 매실밭에 갔다. 설 전에 못다 한 전지剪枝 작업을 마저 하기 위해 매실나무에 다가섰다. 아직 한겨울 같은 날씨인데도 가지에는 쌀알만 한 꽃눈이 그사이 많이 자라 곧 꽃망울을 터트릴 것만 같았다. 이토록 일찍 봄을 발견하고 자연의 신비를 실감한 적이 있었던가. 흙이 있고 태양이 비바람과 함께하는 곳에 생명의 신비가 존재한다는 사실을 처음 알게된 듯 놀라웠다. 생명을 잉태하고 있는 가지를 잘라내자니 마음이 아렸다.

몇 해 전이었다. 전지한 가지가 아까워 가게 안 화분에 꽂아 놓으니 매화가 피는 날이 하루가 다르게 빨라졌다. 꽂아 놓은 순서대로 꽃을 피우니 가게 안은 매화 천국이 되었다.

손님들의 매화 감상법은 조금씩 달랐다. 매화는 눈 속에서 핀다는 사실을 이미 알고 있다는 듯이 당연하게 보는 이도 있었지만, 다수의 손님은 감탄사 연발이었다. 어떤 이는 생화가 아니라고 우기다가 손으로 만져 보고서 놀라는 일도 있었다. 감탄과 즐거워하는 모습이 전부는 아니었다. 자연보호 의식이 높은 몇몇 손님이 산야山野의 매화를 꺾어다 놓은 것으로 여겼는지 곱지않은 표정으로 보기도 했고, 염려해주는 이도 있었다.

오해할 수 있겠다는 생각이 들었으나 미리 설명할 수도 없었다. 궁여지책으로 '전지한 매화'라는 글을 써서 가지에 달아 놓았으나 해결책이 되지는 못했다. 문구가 생소해서인지 오히려 혼란을 주는 듯 싶었다. 다시 써 붙인 것이 '전지하고 버리는 매화' 였다. 그리고 며칠을 지나는 사이 매화 가지가 한두 개씩 없어졌다. 아하! 그랬구나. '버리는 매화'가 매화 나눔의 계기가 되었고 많은 이들에게 즐거움을 선물해 주게

된 것이었다.

예상치 않은 소득에 신명이 나서 단숨에 매화밭으로 달려갔다. 매화 가지는 충분했다. 큰 물통에 꽂아두었다가 필요할 때마다 가져다 채워 놓으면 되었다. 거기다 아직 잘라 주어야 할 가지도 더 있으니 매화 가지 공급은 문제가 없었다.

전지한 매화 가지를 받아 들고 무척 기뻐했던 P 선생이 시화詩畵 전시회에 작품을 출품하였다는 연락을 받고 전시장에 갔다. 평생을 화랑畵廊과 함께한 까닭에 미적 안목이 남다른 데다가 매화를 무척 좋아하는 분이었다. 꼭 매화로 축하의 마음을 전하고 싶었다. 대다수 작품 아래에는 축하 화분이 놓여 있었는데 마침 P 선생의 작품 아래는 비어 있었다. 가지고 간 매화 가지를 도자기 화병에 꽂아 놓으니 시화와 매화가 훌륭하게 조화를 이룬다는 찬사가 터져 나왔다.

「사랑의 모습」이라는 제목의 시에 화가가 직접 그림을 그린 작품이었다. 이제 막 바람이 봄을 실어 오는 중인데 벌써 꽃망울을 터트린 매화까지 더했으니 시화가 한층 돋보였다.

매화나무 전지를 할 때마다 두 번 아픔을 겪었다. 춥고 어두운 날을 벌거벗은 채 견뎌낸 가지를 자르는 일이 첫 번째 아픔이라면, 잘린 가지를 산 채로 버리는 일이 두 번째 아픔이었다.

본의 아니게 잘려진 매화 가지가 사람들에게 기쁨을 선사하게 되었으니 미안한 마음이 가벼워졌다. 개구리가 동면에서 깨어나 힘차게 뛰어오를 날이 머지 않았지만 잔설 추위는 물러날 기미가 보이지 않는다. 거리의 사람들은 무거운 외투를 벗을 엄두도 내지 못하는데, 가게 안은 봄이 무르익어가고 있다. 매화 향기 가득한 다실에서 찻잔에 매화 한 송이 띄우니 고요한 호수에 흰 돛단배가 봄을 싣고 오는 모습이다.

버리는 매화가 많은 사람들에게 즐거움을 안겨주고, 나에게는 나눔의 행복을 느낄 수 있게 해주었으니 매화에 찬가라도 불러주고 싶다.

황금을 따다

유월 하순 어느 날, 황금을 따는 행운을 누렸다. 얼마나 땄느냐고? 한 자루도 아니고 여러 자루를 땄다. 그 순간만은 엄청난 부자가 되었고 세상에 부러울 것이 없었다.

막내 고모에게 업혀 컸던 소년은 소꼴 베러 가는 고모를 따라나섰다. 아직은 초봄이라 들판은 비어 있고 밭둑이나 개울가에는 일찍 자란 풀이 키 재기를 하고 있었다. 아직 풀베기 하기엔 너무 어린 소년은 그저 고모의 뒤를 따라다니면서 돋아나는 새싹을 만져보는 것이 재미였다. 그러던 소년의 눈앞에 전에 보지 못했던 어린 묘목 하나가 힘차게 자라고 있었다. 소년은 나무 이름을 알 수 없었지만 보통 나무가 아니라는 사실만은 직감했다. 빨리 와보라는 소년의 성화에 한걸음에 달려온 막내 고모는 "이게 어째 여기 났나." 하면서 신기해했다. 소년과 고모는 조심스레 나무를 캐서 집 뒤 텃밭 둑에 정성들여 심었다.

나무를 옮겨 심고 몇 년이 지난 어느 여름날, 소년은 잠자리를 잡으러 뒷밭에 갔다가 옮겨 심은 나무에 열매가 달린 모습을 보았다. 손을 뻗어 노란 열매를 따서 입에 넣으니 시큼하면서도 달콤했다. 욕심이 생긴 소년은 더 많이 따려고 멀리 있는 가지를 잡다가 미끄러져 밭둑 아래 웅덩이에 빠지고 말았다. 아직 물에서 헤엄을 쳐보지 못했기에 당황해서 어찌할 바를 몰랐다. 소년은 물에서 나오려고 안간힘을 썼지만 물만 들이켰다. 물속에서 허우적거리면서 고모를 수없이 불러댔다. 그럴수록 물만 입속으로 들어왔다. 몇 번인가 물을 들이켜고는 그 길로 의식을 잃었다.

들에 나간 식구들의 새참 준비를 위해 부엌에 있던 막내 고모는 얼마 전까지 마당에서 놀던 어린 조카가 눈앞에 보이지 않자 걱정이 되었다. 그러고 보니 조금 전에 언뜻 무슨 소리가 들린 듯도 했다. 직감적으로 뒷밭 둑 아래 웅덩이가 생각나서 한달음에 달려가니 조카가 웅덩이에 떠오른 모습이 보였다. 다른 생각할 겨를도 없이 나뭇가지를 잡고 들어가 물속으로 가라앉는 소년을 건져내기 위해 안간힘을 다 했다. 손으로 물을 휘저으니 가라앉았던 소년이 물위로 솟아올랐다. 천

신만고 끝에 소년의 엄지발가락을 잡아서 밭둑으로 끌어올렸다.

소년의 배는 동산만큼 불렀고 숨도 쉬지 않았다. 고모는 울면서 소년의 이름을 부르고 눈을 까뒤집어보았으나 허사였다. 이미 죽었다는 생각을 하면서 집안으로 옮기기 위해 조카를 안고 마당으로 향했다. 어린아이이지만 물을 잔뜩 들이켜서인지 무거워서 겨우 봉당에 걸쳐 놓았다. 그리고는 마당에 퍼질러 앉아 엉엉 소리 내어 울었다.

사람의 목숨은 하늘의 뜻에 달렸다고 했던가. 봉당에 걸쳐 놓은 소년의 입에서 물이 흘러 나왔다. 그 모습을 보고 부풀어 오른 배를 꾹 누르니 물이 쑥 빠지고 배가 홀쭉해졌다. 잠시 후 숨소리가 이어졌다. 죽었던 소년이 다시 살아난 것이다.

참으로 이상한 일이었다. 꿈을 꾼 듯했다. 과실을 따려다 미끄러져 웅덩이에 빠졌고 물에서 나오려고 애썼다. 그런 와중에 어느 순간부터 황홀한 전경이 눈앞에 펼쳐졌다. 아름다운 꽃이 만발하고 새소리가 들렸다. 보석이 쏟아져 나오고 황금빛 나는 과일이 굴러왔다. 황금 과일을 주우려 하니 천사가 말렸다. 과일을 훔치려던 소년은 애를 쓰다 그대로 잠이 들었다. 그것이 물에 빠졌던 소년의 마지막 기억이었다. 죽었다가 깨어났으니 천당을 다녀온 것일까. 그 기억은 소년이 나이를 먹을수록 더욱 선명해졌다.

삼 년 전 초봄에 왕살구 묘목을 사다 농원에 심었다. 틈틈이 물을 주고 거름을 뿌려주는 등 정성을 쏟은 덕에 사름을 잘해서 그해에 내 키보다 더 크게 자랐다. 두 해째 봄에 연분홍 꽃송이를 몇 개 달더니 올해 봄에는 수많은 꽃을 피웠다. 꽃이 지고 열매가 굵어지는 모습이 신기해서 농원에 가면 맨 먼저 둘러보고 인사를 나누었다. 유월 중순부터는 매실 따기에 매달리느라 한동안 잊고 있었다. 뒤늦게 농원 가장자리에 있는 살구나무를 찾았다. 한마디로 경이로움 그 자체였다. 아기 주먹만한 왕살구가 가지가 휘어지게 달려있었다. 가까이 다가갈수록 꼭 황금 덩어리를 연상케 했다. 정신없이 황금을 땄다.

문득 반세기도 전에 웅덩이에 빠져 사경을 넘으면서 느꼈던 그 황홀함이 떠올랐다. 몽환일지 모르지만, 그건 진정 오래전 물에서 본 천상의 황금덩이였다.

숙성의 맛

고대 빙하기에 맘모스라는 동물이 살았다고 한다. 먹이를 찾아 유라시아 대륙에서 아메리카 대륙까지 이동했는데, 이때 인류도 사냥감인 맘모스를 따라 아메리카 대륙까지 가게 되었다는 설이 있다. 이른바 소금길이라고 하는 '맘모스 스텝(Mammoth Step)'이다. 먹이를 찾아 한발 한발 발걸음을 옮기는 거대 동물과 인류의 발자취에는 소금이 있었다.

소금과 관련된 진한 추억이 있다. 고등학생 시절 일 년 동안 자취 생활을 했다. 한 번씩 시골집에 다녀오면 쌀 한 포대와 얼마간의 반찬을 가져왔다. 어느 겨울날 친구가 여럿이 몰려오는 바람에 예기치 못한 일이 생기고 말았다. 한꺼번에 쌀과 반찬을 축내고 간 까닭에 시골에 다녀온 지 얼마 되지 않아 양식이 바닥나고 말았다. 주머니도 비어서 하는 수없이 쌀은 주인집에 사정해 빌렸으나 반찬까지는 곤란했다. 며칠을 간장만으로 밥을 먹었다. 그때 간장에 비벼 먹은 밥맛을 잊을 수가 없다.

처음엔 그런대로 먹을만했지만, 나중에는 짠맛에다 쓴맛 덩어리 밥을 찬물의 도움으로 넘겨야 했다. 간장이 소금으로 만들어졌으니 짠 건 당연하지만, 연탄불을 피우느라 흘린 눈물까지 보태어 짠 정도가 아니라 소태맛이었다. 그래도 탈나지 않았던 건 천일염으로 담은 자연식품 덕이 아니었던가 싶다. 아직도 설을 쇠고 정월 보름이 지나면 도시 변두리 동네에는 소금장수의 장 담는 소금 사라는 소리가 이어지고 있다.

요즘 '먹거리 X 파일'이라는 방송 프로그램이 인기를 끌고 있다. 진행자가 밝혀내는 먹거리의 숱한 문제점들, 특히 MSG(Monosodium L-Glutamate)라는 화학조미료가 인체에 해롭다는 사실이 사회 문제로 떠올랐기 때문이다.

우리 동네에 맛집으로 방송을 탄 한 음식점이 성업 중이었다. 다른 사람 눈치 보지 않고 대화하면서 식사할 수 있는 공간에다 깔끔한 맛으로 문전성시를 이루었다. 그런데 요즈음 동네 사람의 발길이 뜸하다. 음식 맛이 느끼하고 식사 후에 속이 거북한 때가 있다고 한다. 나도 같은 생각이었는데 모임에서 다수가 비슷한 생각을 하고 있음을 알게 되었다. 방송에서 회자하고 있는 MSG를 많이 넣었는지 모르지만, 먹을 때는 맛이 있는데 뒤끝이 좋지 않았다.

인류 최초의 맛인 소금의 짠맛에다 단맛, 매운맛에 향료와 화학조미료가 첨가되면 묘한 감칠맛이 난다. 현대 과학의 산물인 이른바 '제2의 맛'이라는 조미료 맛이 우리 입맛을 점령했다. 천연 양념으로 맛을 낸 음식을 즐기던 우리가 제2의 맛에 감염되어 그 대가를 값비싸게 치르고 있다. 만연하고 있는 각종 암이나 성인병이 화학조미료가 내는 감칠맛의 비싼 대가라는 말이 있다.

미래학자 앨빈 토플러는 수년 전에 제3의 맛을 예고했다. 제3의 맛은 식품 그 자체가 손맛과 숙성의 시간을 통해 만들어내는 살아 있는 맛이다. 발효식품이 그것이다. 이미 우리 조상이 오래전부터 즐기던 맛을 서양의 미래 학자가 새삼스럽게 주장한 것이다. 발효 식품은 우리의 된장과 김치가 기본이고 각종 젓갈류에다 식초가 있고 전통 술이 있다. 차도 발효차가 깊은 맛을 지니고 있다. 서양의 치즈가 발효 식품이고 홍차가 발효차이듯 깊은 맛을 내는 음식은 거의 발효된 식품이다. 된장과 김치 냄새는 더 이상 혐오의 대상이 아니다.

조선의 선비 김유金綏가 쓴 『수운잡방需雲雜方』이라는 조리서는 한식의 사전이 되었고, 그로부터 백여 년 뒤에 장씨 부인이 한글로 쓴 『음식디미방』은 한식의 레시피 (recipe)로 다시 태어났다. 한류의 인기에 더해져 한식이 서양에서 그 진가를 발휘하고 있다니 자랑스럽기 그지없다. 다행히 우리 부부가 수년 전부터 발효식품을 담아 온 것이 헛된 일은 아닌 듯싶다.

매화가 흐드러진다. 농원 여기저기서 팝콘이 터지듯이 매화가 피어 나고, 함박눈이 온통 농원을 덮은 듯하다. 봄바람이 향기를 실어 나르니 꿀벌이 생명 잔치를 벌인다. 꽃은 머지 않아 열매를 맺고 비바람과 구름을 벗하며 온전한 매실로 자랄 것이다. 하루가 다르게 굵어지는 올몽졸몽한 매실의 모습이 농부에게는 꽃보다 귀하다. 하지夏至가 가까워지면 열매는 황금빛을 띠면서 그윽한 향기를 낸다.

이때쯤 농부는 한 알 한 알 거두어들이느라 비지땀을 흘린다. 물맛 좋은 지하수를 길어와 매실 식초를 담는다. 숨 쉬는 옹기에 삼사 년 동안 숙성시키면 비로소 제3의 맛을 지닌 매실 식초가 탄생한다. 옹기 속에서 익어가는 식초가 여러 사람의 입맛을 돋우고 건강을 지켜주리라 생각하면 그동안 흘린 땀방울이 잘 익은 매실처럼 커지는 보람을 느낀다.

자연 본래의 맛은 숙성이라는 시간을 타고 맛깔스러운 맛으로 진화를 거듭한다. 간장이나 식초를 오래 숙성시키면 보약 같은 귀한 식품이 된다.

맛이라는 말은 참으로 오묘한 데가 있다. 바다처럼 넓고 깊

은가 하면 새털처럼 가볍기도 하다. 우리네 전통 음식의 참
맛은 깊고 은근함이 가없어 말로 표현하기 쉽지 않다. 음식
맛뿐만 아니라 사람 사는 맛도 세월을 통해 오감으로 느끼고
가슴으로 받아들여야 깊은 맛이 나는 법이다.

　한마디로 진정한 맛은 숙성이라는 이름표를 달고 오랜 시
간 속에서 탄생한다.

땡감

아침에 일어나니 마당은 온통 감잎 천지다. 지난밤 세찬 바람에 감나무는 옷을 홀랑 벗어 버리고 빨간 감만 대롱대롱 매달고 있다. 비가 올 거라는 일기예보는 오늘도 빗나간 듯하다. 오히려 아침 햇살이 맨살을 드러낸 홍시에 광채를 더해 준다. 감 따기 좋은 날이라는 생각을 하면서 조심조심 나무에 올라갔다. 지난가을, 감을 따다가 떨어져 조금 다쳤던 터라 아내는 걱정스러운 눈으로 바라보며 다 딸 때까지 조바심을 쳤다.

집 마당에는 감나무 두 그루가 있는데, 한 그루는 단감이 또 한 그루는 떫은 감이 열린다. 올봄에는 늦추위에다 감꽃이 필 때 비까지 잦아서 가까스로 맺은 열매가 많이 떨어져 제대로 익은 것이 그리 많지 않다.

올해는 재현이네도 감을 가지러 올 텐데 수확이 다른 해의 반도 되지 않는다. 그래도 무공해 겨울 간식을 공짜로 얻는 것이라 감사할 뿐이다. 떫은 감은 아직 땡감이라서 바로 먹을 수가 없으니 두었다가 홍시가 되면 먹거나 깎아서 곶감을 만들어야 한다. 단감은 따로 담아 보관해 둔다.

아내는 단감과 떫은 감을 구분하여 바구니에 담으며 무슨 생각을 하는지 연신 웃는다. 수건으로 감을 정성스럽게 닦는 모습이 필시 주말에 오기로 한 재현이를 생각하는 것이리라. 재현이는 다섯 살 재롱둥이 외손자다. 외국 생활을 하던 사위가 취업이 되어 달포 전에 귀국했다. 재현이가 태어날 때 산후 조리도 못 해 주고, 오랫동안 보질 못했으니 아내는 보고 싶은 마음과 안타까움이 컸을 터였다.

주말이 되자 기다리던 재현이가 왔다.

"우리 재현이 뭐 좀 줄까?"

집안으로 들어오자 아내는 먹을 것부터 챙긴다. 아이에게는 먹거리를 주는 것이 최고의 대접일 테니 당연히 단감 생각이 났다. 아무거나 잘 먹는다는 딸의 대답도 듣기 전에 아내는 벌써 감을 깎았다. 쟁반에 놓자 재현이는 "피크, 피크" 하면서 감을 입에 집어 넣었다. 감을 피클로 아는 모양이다면서 신기하게 바라보는데 입에 넣었던 걸 얼른 도로 내뱉으며 얼굴을 찡그렸다. 아이의 어미가 놀라 그 감을 입에 넣더니 역시 움찔하며 도로 뱉었다.

"아이, 떫어! 아빠는 단감하고 땡감도 구별 못 해요?"

순식간에 내게 화살이 날아왔다. 본의 아니게 아이에게 떫은 감을 먹인 것이 그저 미안해서 입을 다물고 아무 대꾸도 못했다.

"네 아버지 탓 아니다. 내 잘못으로 땡감이 단감에 섞인 거지."

단호한 아내의 말에 이상하게도 내가 땡감같은 존재가 아닌가 하는 생각이 들었다. 지난 세월 동안 땡감이 단감 속에 섞여서 잘도 살아왔구나 싶었다.

젊은 시절, 나는 직장일 때문에 늘 귀가 시간이 늦었고 식구들에게 살갑게 대해 주지를 못했다. 아이들의 새벽 등굣길은 물론 학원을 마치고 집으로 오는 마중도 아내의 몫이었다. 아이들의 입학이나 졸업식 때도 참석을 못했다. 늘 큰소리나 쳤지 잘해준 것이 없었다. 생각해 보니 나는 땡감이고 아내는 단감이었다.

며칠 후, 미국에서 보낸 이삿짐이 딸네가 살 집에 도착했다는 연락을 받았다. 우리 집에 맡겨둔 짐을 실어 보내고 나와 아내도 일산 딸네 집으로 갔다. 많은 짐을 풀어서 정리하자니 시간이 꽤 오래 걸렸다. 해는 저물어 가고 지쳐서 앉아 쉬는 시간은 자꾸만 길어졌다.

"아버지, 고맙습니다."

"뭐가?"

"다요. 다 감사드립니다."

하며 딸이 단감을 깎아서 접시에 담아 내놓는다.

"또 땡감이면 어쩌려고?"

"괜찮아요. 홍시가 다 되어 가는데요. 뭐."

"홍시가 되면 곧 초가 될 텐데…."

해가 지는 창밖을 물끄러미 바라보고 있던 아내가 한 마디 하더니 고개를 돌려 버린다. 저물녘 창밖으로 노을이 사위어 가는데 곱게 물든 나뭇잎 하나가 바람에 떨며 날아간다.

까치밥

집 대문을 나서려는데 툭 소리와 함께 홍시 하나가 현관 바닥에 떨어졌다.

가을로 접어들면서 일상적으로 겪는 일인 줄 알았는데 오늘 아침은 사정이 달랐다. 떨어진 홍시는 고단했던 생의 흔적이라도 남겨 놓으려는 듯 현관 바닥을 끈끈하게 덧칠해 놓았다. 뒤따라 나오던 아내가 밟을 뻔한 순간 몹시 난감한 표정이었다. 그렇지 않아도 얼마 전부터 하나 둘 떨어진 홍시는 마당 군데군데를 검붉은 상처투성이로 만들어 놓았다. 나무 밑에 쓸어 모은 생명의 잔해들은 온갖 벌레와 날파리와 같은 또 다른 생명체의 요람이 되고 있었다. 베어 버릴까, 하고 혼잣말로 푸념하는데 "그래도 이렇게 큰 나무를요! 좀 이르지만 감이나 따지요." 라며 아내는 감나무를 살려두고 싶은 눈치다. 계륵鷄肋이라는 말이 이럴 때 꼭 맞는 말이라는 생각을 하면서 대문을 나섰다.

우리 집 마당에는 감나무 두 그루가 있는데 심은 지 십여 년쯤 되어 보인다. 심을 때 좋은 흙을 넣지 않은 듯하고, 그루 터기 주변도 시멘트로 덮어씌워 나무의 생육상태가 시원찮았다. 모든 생물은 처한 환경이 열악할수록 종족 보존 욕구가 강해진다. 식물도 생장 여건이 좋지 못하였을 때 더 많은 꽃을 피우지만, 열매를 맺기 전에 꽃은 대부분 시들고 맺은 열매도 다 익기 전에 떨어져 버린다.

우리 집 감나무가 그렇다. 봄에는 감꽃이 많이 피는데 수정도 못 한채 떨어지는 바람에 매일 치우기가 번거롭고, 남은 꽃이 열매를 맺기 시작하면 굵어지는 동안에도 계속 떨어진다. 올해는 봄 가뭄이 심했던 반면에 감꽃이 핀 후에 비가 잦아서 결실이 좋지 못했다. 다른 감은 아직 푸른 기가 가시지 않았는데 홍시 아닌 홍시가 되어 시도 때도 없이 떨어졌다. 치우기가 귀찮지만 나무가 애처롭고 미안한 생각이 들었다. 나무 뿌리 주변 시멘트를 깨트리고 물과 비료를 주었지만, 올해도 신통치 못했다.

다 굵기도 전에 설익은 홍시가 되어 자꾸 떨어져 마당을 더럽히기에 좀 이르지만 감을 따기로 했다. 아내의 만류를 저버리고 감나무에 올라서니 몸이 후들거리고 불안정한 것이 예전 같지 못했다. 겨우 팔을 뻗어 감을 잡는 순간 갖가지 장애물이 애를 태운다. 흰 물체들이 감에 붙어 있는 데 깍지벌레다. 그것도 생명체라 손으로 만지니 붉은 피 같은 액체가 묻어난다. 가까스로 고개를 들어 더 높은 데 있는 감을 찾는데 이번에는 거미줄이 얼굴을 감는다.

"인제 그만 내려오소! 까치밥은 남겨 둬야지요." 애원하는 아내의 만류를 제쳐놓고 한 개라도 더 따려고 안간힘을 다해 팔을 뻗었다. 감이 손에 잡힐라 말라한 순간에 '뿌지직 쿵' 소리와 함께 나는 밑으로 떨어졌다. 번개가 스쳐 가고 수많은 별이 빤짝이는 전율을 느낀 찰나에 현관 바닥에 떨어진 홍시처럼 널브러지는 신세가 되고 말았다. 아프기도 하고 창피한 생각이 들어서 놀란 아내를 바로 보지도 못했다. 마당에 쓰러져 한참을 일어날 수가 없었다.

순식간의 사고에 안절부절못하던 아내가 다행히 크게 다치지 않은 걸 확인하고는 여유로운 조롱이 시작된다. "재현이네 할부지가 까치밥을 빼앗다가 벌 받았다네요" 그렇다. 까치밥은 인간이 침범해서는 안 되는 자연의 성역이었다. 감나무는 가지가 찢어지는 아픔을 겪고도 종족 보존의 본능에 충실하였다. 근처 어느 곳에서 걱정스럽게 지켜보고 있던 까치는 겨울 양식이 온전하게 남아 있다는 사실에 안도의 한숨과 함께 인간의 탐욕을 원망했을 지도 모른다.

문득 어느 사내보社內報에서 본 나무 이야기가 스쳐 간다. '안동의 임청각 회나무는 자신을 해코지하려는 사람들을 저 승으로 보내거나 다치게 해서 서슬 퍼런 일본 순사도 손을 대지 못했다.'라는 얘기를 떠올리면서 잠시 감나무에게 미안한 마음을 느꼈다.

어린 시절 어른들께서 감나무 꼭대기 가지에 달린 여남은 개의 감을 까치밥으로 남겨둔 것은 순리이자 여유의 지혜를 실천한 것임을 뒤늦게 깨닫는다. 나의 과욕이 부끄러웠다. '나무도 사람처럼 마음이 있소. 숨 쉬고 뜻도 있고 정도 있지 요. 만지고 쓸어주면 춤을 추지만 때리고 꺾으면 눈물 흘리 죠.'라는 노산 선생의 「나무의 마음」을 읊으며 감나무를 위 무慰撫한다.

2 부

목리문 木理紋

불현듯 내 삶의 목리문은 어떤 모양새가 될까 궁금해진다. 곱게 피어나는 구름의 모습도, 잔잔한 물결 모습도 아닐성 싶다. 정신이 번쩍 든다. 갑자기 밖에서 들려오는 사람들의 다투는 소리가 공명共鳴이 되어 귀청을 울린다. 자연은 목리문처럼 아름다운 모습으로 남는데 내 삶의 모습이 다탁에 박힌 옹이처럼 남지는 않을까 두려워진다.

풍로초

도자기 전시장 입구 통유리 안쪽에는 한겨울 추위도 잊고 여러 가지 화초가 자태를 뽐내고 있다. 여러 화분 중 유독 애착이 가는 화분이 있다. 땅에 들러붙은 듯 오종종한 잎이 너나들이하느라 꽃대도 길게 올리지 못하고 낮은 자리에서 꽃을 피우고 있는 풍로초가 주인공이다.

동남향이라 햇살이 두터운데다 난방 덕인지 풍로초는 사시사철 부지런히 꽃을 보여준다. 몇 해 전 이웃에서 모종을 얻어다 화분에 심어두고 아침 저녁으로 물만 주었는데 아기 입술처럼 붉은 꽃잎을 연달아 내민다. 지난봄에 자주 가게에 들르는 지인이 겹꽃 흰 풍로초 화분을 가져다주어서 친구까지 생겼다. 흰 꽃과 붉은 꽃이 번갈아 피면서 정겨운 이야기를 주고받는다.

이웃에 차를 좋아하는 안주인이 어리연을 키우고 있었다. 그 집 앞 고무 물통의 어리연이 여름날 길게 꽃대를 올리고 노랑꽃을 피우는 모습을 볼 적마다 나도 키우고 싶다는 생각을 했다. 내 마음을 알았던지 이사를 가면서 어리연을 선물로 주고 갔다.

찬바람 몰아치는 겨울 어느 날, 지난여름 그토록 싱싱했던 어리연의 잔해를 바라보고 있자니 지난날 내 삶이 떠올랐다. 높은 곳만 쳐다보다가 넘어져 상처입기 부지기수였고, 꽃을 피워 보겠다고 나대다가 낭패를 당한 적이 한두 번이 아니었다. 꽃은 바람이 불어오면 흔들릴 뿐 말이 없건만 나는 작은 바람에도 놀라 소리를 지른 탓에 남에게 얼마나 많은 상처를 입혔는지 가늠되지 않았다.

아내는 달랐다. 더 나은 곳을 지향하는 욕심도 없이 있는 자리에 그냥 머물기를 원했다. 웬만큼 바람이 불어도 바람을 타지 않았고 답답할 만큼 속내를 드러내지 않았다. 이런 아내에게 늘 불만을 드러냈다. 삶의 열정도 의욕도 부족하다거나, 현실에 안주하려 한다며 타박하곤 했다. 아무리 바람을 일으키고 흔들어대도 아랑곳하지 않고 아내는 평소 하던대로 일상을 이어갔다. 화초에 물주고 속삭이는 일도 아내의 일상 중의 한 부분이었다.

아내의 화초 사랑은 유난스럽다. 아침저녁도 모자라 틈만

나면 물을 주고 잎을 만지며 속삭인다. 갖가지 화초가 따스한 햇볕과 시원한 물을 만끽하면서 주인의 정성은 물론 오가는 이의 사랑까지 받고 있다. 그 중에서 내가 풍로초에 정을 느끼는 건 아름다운 꽃말이 좋아서다. 도자기 전시장에 들고 나면서 문을 여닫으려면, 풍로초가 허리를 굽히고 낮은 자리에서 눈을 맞추자고 한다. 일 년 내내 꽃을 보여주는 것이 고마워서 물이라도 주려면 꼭 낮은 자세로 다가가야 한다.

가까이서 꽃을 마주 보고 있노라면 풍로초는 비로소 속내를 드러낸다. 붉은 꽃은 겉으로는 붉은 열정을 드러내지만, 속내는 순백의 해맑음을 숨기고 있다. 흰 꽃 또한 겉은 무염의 순수함을 뽐내고 있는 듯해도 속내를 보면 붉은 열정을 품고 있다. 풍로의 날개를 닮은 다섯 개의 꽃잎이 바람을 일으키면 옆자리 꽃대에서는 작은 불씨가 자꾸 살아난다. 연중으로 꽃을 피워내기 위해 쉴 새 없이 풍로를 돌리기 때문일까. 풍로초 잎은 늘 생기가 넘치고 싱그럽다. 잎이 무성할수록 낮은 자리에서 서로 부비면서도 자세를 흩트리지 말자고 약속이라도 한 것일까?

한겨울에 연달아 꽃을 보여주어도 신기하다거나 기특하다는 생각 없이 무심하게 지내던 어느 날, 풍로초가 얘기 좀 하자며 나를 부른다. 가까이 앉아 고개를 숙이고 바라보니 꽃이 떨고 있다. 싱싱한 잎이 서로 다독이며 한껏 뽑아 올린 꽃대에 핀 꽃이 열심히 풍로를 돌리고 있는데도 주인이 몰라준다는 것이다. 빨간 꽃도 흰 꽃도 나를 쳐다보며 소리를 지른다. 낮은 자리에 있다고, 말이 없다고, 아무 꿈도 꾸지 않는 건 아니라고. 그리고 지난날에 대한 연민 같은 건 떨쳐버리라고 아우성친다.

풍로 날개를 닮은 가녀린 꽃잎이 작심한 듯 엄청난 말을 쏟아낸다. 반란을 일으킨 것이다. 소리치는 꽃잎 위에 아내의 얼굴이 오버랩 된다. 미안해서 꽃잎에 눈을 맞출 수 없다. 미안한 마음에 눈을 감으니 내 모습이 부끄럽다는 생각이 든다. 꽃만 즐기는 내 이기적인 모습을 풍로초는 알면서도 모르는 척했던 것일까.

폭설 유감

눈 귀한 고장에 눈사태가 났다. 폭설이 세상을 대혼란에 빠뜨렸다. 왕복 6차선 도로가 아예 눈 천지로 변했다. 경사진 도로의 오르막길과 내리막길 구분도 없이 자동차들이 뒤엉켜 있는 모습이 말 그대로 난장판이다. 마침 때 만났다 싶어 달려온 견인차 서너 대가 오히려 견인을 기다리는 처지다.

설상가상雪上加霜의 연속이다. 계속되는 추위 때문에 수도가 얼어 난방이 멈춘 지 사흘째다. 온다던 수리기사는 오늘도 소식이 없어 읍소를 해봐도 눈 때문에 어찌할 수 없다는 대답뿐이다. 보름 가까이 된 감기는 무에 그리 애착이 있는지 떨어질 기미가 없고 기침으로 속이 뒤틀리고 머리까지 흔들린다. 눈발은 시간이 지날수록 커지는데다 추위마저 누그러질 기미가 없으니 수돗물이 여간 간절한 게 아니다. 젖 먹은 힘을 다해 물을 끓여 옥탑의 수도관에 갖다 붓기를 수도 없이 하는 사이 오전 시간이 금방 지나간다. 기진맥진하여 이대로 자리에 누우면 다시 일어나지 못할지도 모른다는 생각에 오기로 버틴다. 사다리를 오르내리자니 다리가 휘청거려 더는 하기 어렵다. 포기하고 피난처라도 찾아야겠다는 생각을 하는데, 수도꼭지에서 물이 나온다는 아내의 함성을 듣고 옥탑에서 내려와 거실 찬 바닥에 벌러덩 눕는다.

수도관 보온 처리를 하려면 새 재료가 필요하다. 빙판길을 걸어 간신히 건재상에 도착하니 눈 치우는 도구 사러온 손님이 줄을 지어 서 있다. 조급증에 떨고 추위에 떨면서 한참을 기다려 필요한 재료를 사서 집에 오니, 아내가 뜬금없는 소리를 한다. "여보, 오늘 그 집 세금 내는 날 아닙니까?" 금세 하늘이 노래진다.

달포 전에 지인이 장기간 외국여행을 떠나면서 세금 금액이 커서 미리 내기가 아깝다며 고지서와 통장을 맡긴 사실이 떠올랐다. 오늘을 넘기면 수백만 원을 지체금으로 물어야 한다. 고지서는 가게에 두었기에 빙판길을 정신없이 걸어갔다. 넘어지고 자빠지기를 수도 없이 한 끝에 도착하니 오후 세 시가 지났다.

그런데 고지서가 보이지 않았다. 두었다고 생각하던 곳은 물론, 가게 안을 다 뒤져도 고지서는 나오지 않았다. 엎친 데

덮친 격이다. 급할수록 정신을 차리자! 침착해야 한다, 라는 말을 뇌이면서 세무서에 전화했다. 몇 사람 거쳐 연결된 담당자는 와서 재발급을 받으란다. 길에 승용차는 보이지 않고 버스만 드문드문 보인다. 한참을 기다려 버스를 탔다. 다섯 정거장을 가는데 반 시간이 넘게 지나버렸다. 공연히 죄 없는 버스 기사가 원망스럽기까지 했다. 은행 마감 시간을 넘기면 고지서고 뭐고 소용이 없어지니까.

거래하는 은행 앞에 내렸다. 은행 문을 박차고 들어가 다짜고짜 아는 직원에게 세무서에 전화를 부탁했다. 다행히 담당자가 고지서를 은행 팩스로 보내 준다고 하니 날아갈 듯 마음이 가벼워졌다. 팩스기를 바라보며 조급증을 내는 사이 고지서가 출력되었다. 가까스로 세금 납부를 마치고 나니 은행 문 내리는 소리가 요란했다. 오늘은 참 재수 좋은 날이었다.

안도의 한숨도 잠시, 어둡기 전에 수도관 보온 처리를 끝내야 한다는 생각이 불현듯 떠올랐다. 집으로 돌아오는 발걸음을 재촉해 보지만, 빙판길은 여전히 미끄럽고 위험했다. 다시 옥탑에 올라가 수도관 보온 작업을 마치기도 전에 천지가 어둠 속에 잠겼다.

쌓인 피로가 한꺼번에 몰려온다. 눈 녹듯이 쓰러져 누워 눈을 감으니 지난 하루가 파노라마처럼 펼쳐진다. 귀하고 순하기만 하던 눈이 폭군으로 변하는 바람에 눈에 대한 아름다운 추억은 사라지고 유감만 남는다. 시간마다 뉴스로 전해지는 폭설 피해가 눈덩이처럼 커진다. 피해자는 농어민을 비롯한 어렵고 힘든 서민이라는 사실이 가슴을 아리게 한다.

누가 흰 눈을 백의의 천사라 했던가? 수백 년 전에 천재 시인 김삿갓은 백설 천지를 보고 '옥황상제가 죽었는가. 인황씨가 죽었는가. 나무와 청산이 모두 상복을 입었구나. 밝은 날에 해가 찾아와 조문한다면 집집마다 처마 끝에 눈물 뚝뚝 흘리겠지.'라는 시를 남겼다.

방송은 이번 폭설로 말미암아 처마에 맺힌 눈물의 길이가 12미터가 넘었다고 야단을 떨지만, 눈 피해 입고 칼바람에 떨고 있는 서민의 눈물에 비길 수 있을까.

찻사발 예찬

업무상 도자기요陶磁器窯를 찾는 일이 자주 있지만, 요窯에 가는 날은 왠지 가슴 설레고 새로운 작품에 대한 기대에 부풀어 발걸음을 재촉하게 된다. 요즘은 전국 각지에 도자기요가 산재해 있으나 전통 등요登窯는 문경 지방에 많다. 산수 경치도 좋아서 다녀오면 이내 또 가고 싶은 마음이 생긴다.

전통 등요에는 '망뎅이 가마'가 있다. 하나의 가마를 짓는 데 만 덩이의 흙이 들어가기 때문에 '만덩이'라는 말이 붙었고, 경상도 사투리로 '망뎅이'라고 부르게 되었다고 한다. 차 한잔을 앞에 놓고 전통요의 유래와 도자기 작품을 만드는 과정을 진지하게 설명해 주는 문경요窯의 도천 천한봉 선생은 만날수록 정이 가는 분이다, 그가 만든 찻사발 처럼.

흙이 물과 불을 만나 사람의 혼을 담았으니, 우주를 닮았다고나 할까. 굽은 올몽졸몽한 우윳빛 유빙流氷이 수 없이 엉겨 있지만, 만지면 매끄럽고 부드럽다. 양손으로 허리를 감싸 쥐면 손바닥에 전해지는 맛은 미인의 허리를 닮았고, 배는 알맞게 나와 오름의 균형을 잡아 준다. 입술은 어떤가? 너무 얇지도 않고 그렇다고 두껍지도 않다. 입을 맞추면 입안으로 쏙 들어와서 감촉은 부드러운데, 담아내는 찻물은 감미롭고 그윽한 향으로 혀와 코를 즐겁게 하여 정수리까지 상쾌한 바람을 일으킨다.

걸 울은 몸통의 물레선과 굽을 깎아낸 칼질의 흔적이 오히려 자연스럽게 느껴지는 한편, 연방 발 물레질을 하며 손을 놀리는 도공의 기운찬 율동을 상상케 한다. 피부는 매화피梅花皮처럼 붉은빛에 세월이 묻어 비파색琵琶色이 되었다.

다시 안 울을 보면 대자연이 녹아 있는 듯하다. 입술 안쪽으로 흘러내린 백색 유약의 요변窯變 흔적은 뭉게구름이 피어나는 형상이고, '포갬쟁이 구이'를 하느라 생긴 눈 자국(그릇을 포갠 자국)은 구름 속으로 비상한 용의 발자국으로 남아 있다. 속살에는 녹차 물이 들어 은은한 차신茶神이 배어 있는데, 불에서 튄 재의 흔적은 서시西施의 찡그린 이마가 미인의 백미白眉가 되었듯이 흠인 듯도 하지만 우아함을 위한 구색인 듯하다.

도자기요陶磁器窯에서 찻그릇들을 고르면서 늘 부족한 안목 때문에 어떤 그릇이 좋으냐고 물으면 "차인茶人이 좋아하는 것이 가장 좋은 것이지요. 주인의 사랑을 받아 찻물이 흠뻑 들어 있는 찻그릇은 좋은 그릇이지만 차인의 마음을 잡지 못하고 장식장에 갇혀 있는 경우는 좋은 그릇이 될 수 없지요." 라고 하던 도천 선생의 말이 생각났다. 십여 년 전부터 차 생활의 도반이 되어 주는 그의 찻사발 하나를 완상玩賞해 본 것이다.

하나의 그릇이 탄생하기 위해서는 참으로 힘든 여정을 거친다. 도공의 손에 어렵게 선택된 흙은 잘게 빻아 석간수로 걸러지면 진흙이 된다. 진흙은 맨발에 무수히 짓이겨진 다음 정성껏 손으로 쓰다듬고 어루만져 주면 드디어 그릇의 모양을 갖추게 된다. 그늘에서 잠시 휴식을 하지만 이내 뜨거운 불속에 들어갔다가 나와야 한다. 한번도 힘들었을 텐데 유약이라는 얇은 옷을 입고 다시 불속에 들어가야 하는 것이 도자기의 숙명이다.

한 겹 옷을 입었다고 덜 뜨거울까마는 1,300도가 넘는 고온의 가마 속에서 12시간 이상을 굽혀진 다음에야 그릇으로 탄생한다. 가마에서 나왔다고 다 그릇이 되는 것은 아니다. 인고의 고통을 이기고 태어났지만, 도공의 마음을 얻지 못하면 파기破器 되어 세상 구경은 어림없다. 세상에 나온 그릇도 각기 다른 길을 가게 된다. 대부분 그릇은 주인의 무관심으로 한곳에 갇혀 심심하게 지내는 수가 많다. 그러나 운좋은 사발은 애지중지 주인의 사랑을 받으며 하늘과 땅과 사람을 담아내는 큰 그릇 대접을 받는다.

다도茶道에는 일기일회一期一會라는 말이 있다. 모든 만남은 일생에 딱 한 번 있는 것이라고 생각하여 상대에게 정성을 쏟아라, 라는 뜻이라 한다. 녹차 한 모금을 넘기면서 지난날을 반추해 본다. 찻사발을 앞에 놓고 온갖 삶의 애환을 나누었으리라. 그때마다 찻사발은 아픔도 슬픔도 말없이 담아주었다.

지나간 시간은 아쉽고 부끄러운 일로 채워졌지만, 남은 시간은 찻사발을 닮아 모든 걸 하나로 담아내는 삶을 살아갈 수 있기를 염원하면서 옷깃을 여민다.

청백헌 靑白軒

다구점 안에 작은 다실이 있다. 주로 바깥 활동을 하다가 돌아오면 잠시 쉬거나 가까운 지인들과 담소하는 장소로 사용하고 있다.

"그전처럼 조용한 다실이 따로 있으면 좋겠는데…."

처음 가게를 열 때부터 찾아 주던 손님이 그때를 생각하고 다실이 있으면 좋겠다는 말을 했다. 가게를 옮기면서 그 공간을 줄인 것이 아쉬움으로 남는다.

아늑한 다실에서 차향을 느끼고 싶어하는 손님의 뜻에 따라 넓은 다실을 하나 더 만들기로 했다. 가게 안쪽이지만, 공원이 잘 보이고 계절 따라 변화무쌍한 나무의 경관이 좋은 장소에 다실을 만들기로 마음 먹고 공사 계획을 세웠다. 우선 실내장식 업체에 견적을 받았지만, 한결같이 총비용만 말하고 내용을 알려주는 업자는 없었다. 견적 금액도 차이가 많이 나서 도무지 판단이 서지 않았다.

그때 생각난 것이 'D.I.Y.(Do It Yourself)'였다. 인건비가 비싼 선진국에는 'D.I.Y.' 여건이 잘 갖추어져 있다고 한다. 스스로 해보는 것도 재미있을 듯해서 이참에 직접 해보기로 작심을 하고 준비에 들어갔다. 칸막이와 바닥을 높이는 일은 목수에게 맡기기로 했다. 건재상에서 목재와 부재료를 사오고 문집에서 미닫이문도 사왔다. 주말을 이용해서 공사하자니 보통 힘든 일이 아니었다.

전기 패널을 깔고 칠과 도배를 마치니 아늑한 다실이 되었다. 목공예가 S 선생이 괴목에 새겨준 다시茶詩를 벽에 걸고, 청백헌靑白軒이라는 옥호도 입구에 달았다. 딸각 찻장을 들여놓고 다기도 채워 넣었다. 다실 바닥에는 목리문이 아름다운 주목 다탁을 놓았다. 다탁 위에 다기 세트를 놓고 감물 찻상보로 덮는 일도 잊지 않았다. 화병에는 농원에서 전지한 매화 한 가지 가져다 꽂았다. 가게에 있는 소품으로 다실 안을 꾸미고 보니 그런대로 모양새를 갖춘 다실이 완성되었다.

전기 스위치를 켜니 한지 바른 전등에 은은한 불이 밝혀지고, 금방 방바닥이 따뜻해졌다. 전문가가 보면 어설프다고 하겠지만 스스로 생각하기엔 흐뭇하기 그지없었다. 비용도 실내장식 업자들 견적에 비할 바가 못 되게 적게 들었다. 다실을 완성하고 나니 도로 쪽 유리창이 또 다른 숙제거리로 남았다. 방안이 너무 노출되어 창밖 빈터에 작은 화단을 만들기로 했다.

혼자 하기 어려워서 함께 농원을 가꾸는 친구에게 도움을 청했다. 땀을 꽤 많이 흘리고 나서야 벽돌 쌓기가 끝났다. 쌓은 벽돌의 높낮이가 고르지 않고 줄도 삐뚤었지만 서투른 솜씨 흔적이 오히려 자연스럽다는 아내의 말을 좋은 뜻으로 받아들였다. 농원에 울타리로 심어 놓은 남천을 갖다 심고 꽃잔디도 옮겨다 보탰다. 시멘트 바닥이던 공간이 초록 생명이 숨 쉬는 화단으로 변하였다.

다실을 새로 꾸몄다는 소식을 듣고 아내의 동창생들이 몰려왔다. 저마다 이름 붙이기에 분주하다. '안가, 사랑방, 쉼터, 명상의 집' 등 다양한 이름을 붙여보지만, 결국 '다실'로 돌아온다. 황혼에 든 여인들도 동창생으로 만나면 영락없는 수다쟁이가 된다. 시어머니 흉은 옛이야기가 되었고, 남편 허물에 아들에 대한 서운함이 보태지면 고요한 차실의 분위기는 사라지고 열기로 채워진다. 누구에게도 하소연하지 못했던 응어리를 풀어내는 사이, 다실은 웃음소리에 파묻힌다. 한바탕 바람이 지나가고 나서야 다실은 본래의 고요한 모습으로 돌아온다.

다실을 정리하고 차 한잔으로 고요를 즐기노라니 다실 만들기를 잘했다는 생각이 든다. 무엇이 이토록 힘 드는 일에 빠져들게 했을까? 사색에 젖어 답을 찾아도 삶이 다실 꾸미기와 같다는 생각만 들뿐이다. 십여 년 전에 읽은 책의 한 구절이 하얀 차 꽃으로 피어난다.

'일은 사람이 늙는 것을 막는 데 도움을 준다. 일이 곧 내 삶이다. 나는 일이 없는 삶을 생각할 수 없다. 일하는 사람은 결코 권태롭지 않고 늙지 않는다. 희망과 계획의 자리에 후회가 들어설 때 사람은 늙는다. 일과 가치 있는 것들에 대한 관심이 늙음을 막는 가장 훌륭한 처방이다.'

한때 크리슈나무르티의 연인이기도 했던 헬렌 니어링이 그녀의 저서 『아름다운 삶, 사랑 그리고 마무리』에 인용해 놓은 남편 스코트 니어링의 말이다. 땅에 뿌리를 박고 노동을 통해 조화로운 삶을 살다가 평화롭고 존엄하게 생을 마감한 채식주의자 부부의 이야기는 크나큰 감동을 주었다.

작은 농원을 가꾸면서 다구점을 운영한지도 강산이 변할 만큼 세월이 흘렀다. 비록 작지만 정겨운 다담이 이어지고, 인정이 새록새록 자라나는 꽃자리가 되기를 소망해 본다. 오늘따라 청백헌에서 마시는 차 맛이 참 향기롭다.

흙에서 세상을 찾다

- '중요무형문화재重要無形文化財 105호 사기장
백산 김정옥 공개행사'에 붙여

장마철이다. 한줄기 소낙비에 놀란 사람들이 달리기 경주
를 한다. 거리는 열기에 지쳐 있고 더위 먹은 바람이 물기에
젖어 흐느적거린다. 무덥고 텁텁한 기운을 떨치려 다실에 들
어 차를 우린다. 녹차 한 모금이 목젖을 적시자 쌉쌀한 차맛
이 온몸에 퍼진다. 입안이 상큼하고 정수리에 바람이 인다.

아름다운 모습을 볼 수 있고 느낄 수 있다는 사실이 오늘따
라 축복으로 느껴진다. 흙이 물과 불을 만나 장인匠人의 혼을
담았으니 작은 우주라고 할까. 두 손으로 살며시 사발의 허
리를 감싸 잡으니 미인의 허리를 잡은 듯 부드럽다. 은은한
차향에 젖어 찻사발과 통정하노라니 인연의 소중함이 새삼
스럽다.

이십여 년 전, 지인인 P 회장의 다실에 초대받아 간 적이

있다. 그때 적잖은 충격을 받았다. 그가 지은 책을 펼쳐놓고 우리 전통 도자기를 감상하면서 들은 이야기는 전통문화에 대한 인식을 새롭게 하게 만들었다. 조선 도공이 만든 막사발이 일본 국보로 지정되어 대명물大名物 대우를 받고 있다는 사실이 이해되지 않았다. 문화재를 되찾고 싶은 어느 재벌 회장의 매입 제안에 일본 당국자는 서울 남산과도 바꾸지 않겠다고 했다는 에피소드를 들었다. 그때의 일이 인연이 되어 십여 년 전부터 찻그릇을 다루는 일을 직업으로 삼고 있다.

문경읍 '영남요'에서 전통을 재현하는 행사가 있었다. '중요무형문화재 105호 사기장 백산 김정옥 공개행사'였다. 백산의 6대조로부터 아들 우남牛南에 이르기까지 8대에 걸쳐 이어진 전통의 맥을 공개적으로 보여주는 뜻 깊은 행사였다. 세월은 시위를 떠난 화살처럼 아득하게 흘렀지만, 선대 장인이 살고 간 발자국은 전통문화로 이어지고 있었다. 나라에서는 전통문화를 지키기 위해 '중요무형문화재重要無形文化財'로 지정하여 기능과 예술혼을 후세에 전수하도록 지원하고 있다.

공개행사는 장인匠人이 직접 채취한 흙으로 그릇을 빚는 전 과정을 생생하게 보여주었다. 흰 무명 바지저고리를 입고 발로는 물레를 차고, 손으로 질이라 부르는 흙덩이를 다루는 모습은 참선의 경지에 이른 듯했다. 전통가마에 불을 지피는 장인의 흰 무명옷이 불빛에 반사되어 은은함을 더하는데, 뚝뚝 떨어지는 땀방울이 옷깃을 홍건하게 적셨다. 그릇이 구워지는 모습을 보여주는 '도사리 구멍'을 응시하는 장인의 눈빛은 구도자의 염원을 담고 있었다. 붉은 소나무 땔감의 송진을 먹고 타오르는 불꽃이 은근하고 그윽한 춤사위를 벌리는 모습은 장관이었다.

영남요 부속 다실 벽에 걸려 있는 사진이 문경의 흙이 세상을 찾아가는 여정을 보여주었다. 사십여 년 전 초가지붕 망댕이가마 옆에 서 있는 백산 선생의 부친 모습과 부시 전 미국 대통령을 비롯한 세계의 지도자와 손을 잡고 있는 선생의 모습이 그릇의 진화를 상징하고 있었다. 그의 그릇은 미국의 '스미스 소니언 국립박물관'을 비롯한 여러 나라의 유명 박물관에 소장되어 세계 여러 사람에게 우리 전통문화의 아름다움을 전하고 있다.

공개행사에 초대받은 것은 행운이었다. 변변찮은 글을 써서 행사에 참석한 덕분에 나는 우리나라 유일 사기장의 혼이 담긴 찻사발과 귀중한 인연을 맺게 되었다. 그 인연으로 차 생활의 도반이 된 찻사발이 힘들었던 탄생의 여정을 털어놓는다.

'내가 사발로 태어나기까지는 실로 어려운 여정을 거쳤답니다. 도공이라는 사람이 내 몸의 원료인 태토를 채취하더군요. 태토를 정제하는 수비라는 과정을 거쳐 도공의 손에 선택된 흙은 잘게 빻아져서 석간수로 걸러진 다음 진흙이 되었지요. 도공은 나의 전신인 진흙을 반죽해서 물레 위에 놓고 성형이라는 걸 합디다. 발로 물레를 돌리면서 정성껏 손으로 쓰다듬고 어루만져주는 덕분에 드디어 그릇이라는 모양을 갖추게 되었답니다. 그늘에서 휴식은 잠시고 이내 뜨거운 불에 들어갔다가 나와야 했습니다. 천삼백 도가 넘는 고온의 가마 속에서 온몸이 열두 시간 이상 굽혀진 다음에야 세상 구경을 하게 되었지요. 세상에 나왔다고 다 그릇이 되는 것은 아니었습니다. 도공의 마음을 얻지 못한 저의 동료 여럿이 세상에 나오자마자 사라졌으니까요. 그래도 저는 차茶라는 귀한 물건을 담아내며 주인의 사랑을 받고 있으니 운이 좋은 편이랍니다.'

찻사발과 무언의 대화를 나누는 동안 비는 그치고 파란 하늘이 구름 속을 들락거린다. 하늘도 구름도 세월 따라 흐른다. 차실을 나오자니 미련이 남는다. 한 가문이 이백여 년 동안 오로지 흙과 맺은 인연 덕에 흙에서 세상을 찾았다.

나의 삶을 돌이켜 본다. 한 곳에 뿌리내리지 못하고 유목민처럼 살았다. 그래도 석양 길에서나마 함께할 도반을 얻었으니 얼마나 다행한 일인가. 스쳐 가는 한 줄기 바람일지라도 마지막 순간까지 함께하길 소망한다.

목리문木理紋

내 작은 다실에 들어서면 저절로 경건해진다. 자연의 신비가 느껴지기 때문이다. 다실 가운데에 다탁이 떡하니 자리 잡고 있으니 단연 다실의 분위기를 주도한다. 다탁의 소재는 주목인데 길이는 어른 키의 평균치를 넘고 넓이도 칠십 센티미터 가까운 원판이다. 주목이라는 이름처럼 붉은 피부에 온갖 무늬로 수를 놓은듯하다. 그냥 바닥에 놓이는 건 천 년을 사는 고고한 체면에 맞지 않기에 소나무 등걸 위에 올라앉아 있다.

좋은 다탁을 만들기 위해서는 청정한 곳에서 수백 년을 자란 거목이 필요하다. 그것도 초겨울에 나무에 물이 마를 때 베어서 오랜 동안 잘 건조시키고 숙성시켜야 한다고 하니 참으로 힘들고 어려운 과정이다. 흙이 물을 만나 새싹을 잉태

하면 어린 생명은 태양의 도움을 받아 거목으로 자란다. 햇빛과 바람, 눈비를 맞으면서 수백 년을 자란 나무가 장인匠人의 영혼을 머금고 다탁으로 태어난 것이다.

나무에는 목리木理라는 것이 있다. 나무의 일생을 담은 세월의 흔적이다. 술이 제맛이 나려면 오랫동안 숙성시켜야 하듯이 나무도 오랜 시간 잘 숙성시켜야 속살이 곱게 드러난다. 속살이 선명하게 드러나야 제대로 된 목리문木理紋을 만날 수 있다. 목리문은 국어사전에 '도자기를 만들 때 서로 다른 흙을 섞어 이겨서 나뭇결 모양으로 놓은 무늬'라고 되어 있다. 하지만 다탁의 목리문은 글자 그대로 나뭇결무늬다. 목공예 장인으로부터 목리문에 대한 이야기를 듣기 전에는 그 신비를 제대로 느끼지 못했다. 목리문은 주목의 그것이 가장 아름답다고 한다.

주목은 키가 20m 이상, 굵기도 2m가 넘도록 자라지만 생장이 느리다고 한다. 나무 중에서 수명이 가장 길어서 한 왕조보다 긴 세월인 천 년을 살고, 목재로서 수명도 천 년을 간다고 해서 주목을 두고 '살아 천 년, 죽어 천 년'이라는 말이 생겼다고 한다.

나무 둥치를 가로로 자르면 나이테가 나온다. 한 해의 삶이 고단하고 목말랐다면 나이테의 간격이 좁지만, 수분이 풍부하고 영양이 좋았다면 간격은 넓어진다. 열대 지방 나무의 나이테가 간격이 넓은 건 생장 환경이 좋은 탓인 때문이다. 숙련된 목공이 나이테를 보면 나무의 종류와 생장 지역과 땅심은 물론이고 한 해 동안 햇살과 비바람이 어떠했는지 짐작이 간다고 한다.

하지만 나무 둥치를 세로로 자르면 나무의 본질인 목리문이 드러난다. 사람으로 치면 나이테는 나이 표시이고 목리는 성품인 셈이다. 십여 년 전 안동의 고가구 장인匠人인 N 선생 덕분에 구하게 된 주목 다탁이 이제는 차 생활의 보물이 되었다. 안동댐을 만들 때 수몰 지역에서 나온 나무로 만들었다고 하니 벌써 사십 년 가까운 세월이 흘렀다.

목리문을 알고부터는 차 한잔의 의미가 새롭고 신비해졌다. 그 신비가 그리울 땐 주전자에 물을 데운다. 다관茶罐에 뜨거운 물을 따르고 차를 넣으니 은은한 향이 연기처럼 퍼져 나간다. 차 한잔을 하면서 목리문을 내려다보노라면 절로 사유의 세계로 빠져든다.

주목 다탁의 목리문은 뭉게구름이 피어나는 형상 같기도 하고 잔잔한 물결이 퍼져가는 듯도 하다. 젖무덤 같은 동산인가 했는데 이내 천애天涯 절벽으로 변한다. 거기에는 민족의 숨결과 기상이 서려 있다. 안동 땅의 기운이 배어 있고 따스한 봄볕이 바람과 함께 숨어 있다. 또한, 한여름 장맛비가 스며있고 북풍한설이 배어있다. 그뿐이 아니다. 파도처럼 번져

가는 무늬 결은 유난히도 많았던 안동지방 독립 운동가의 염원인 듯 보이고, 구름처럼 피어나는 모습은 수많은 선비의 문향文香으로 느껴진다. 대유학자인 퇴계 선생과 문하생들이 그 나무 아래서 시가詩歌를 읊는 소리가 들리는 듯하다. 천애의 절벽 모습은 질곡의 세월 속에서 낭떠러지에 떨어져 신음하는 밑바닥 인생의 애환을 연상케 한다. 물결이 번져가고, 향기도 소리도 퍼져나간다. 그건 영원한 그리움의 바람이다.

해마다 봄이 오면 나무는 새 옷을 입는다. 햇살이 달아오르면 옷은 두꺼워지고 나무는 종족 보존의 거룩한 사명을 위해 혼신을 다한다. 어느덧 바람 소리, 새소리는 추억으로 남고 나뭇잎은 낙엽 되어 거름이 된다. 생生과 멸滅은 자연의 이치이지만 사람의 삶에는 새로 태어남이 없지 않은가.

불현듯 내 삶의 목리문은 어떤 모양새가 될까 궁금해진다. 곱게 피어나는 구름의 모습도, 잔잔한 물결 모습도 아닐성싶다. 정신이 번쩍 든다. 갑자기 밖에서 들려오는 사람들의 다투는 소리가 공명共鳴이 되어 귀청을 울린다. 자연은 목리문처럼 아름다운 모습으로 남는데 내 삶의 모습이 다탁에 박힌 옹이처럼 남지는 않을까 두렵다.

차茶와 사무사思無邪

다도茶道를 배우기 위해 다례원에 갔다. 그때만 해도 다도는 주로 여성이 행하는 걸로 알고 있었기에 처음 갔을 때는 생소하고 겸연쩍었다.

다례원장은 행行다茶법法에 앞서 차에 대한 이론부터 가르쳤다. 차 생활은 스님이나 선비처럼 사회의 지식층에서 주로 이루어졌는데, 대표적으로 차를 사랑한 스님은 초의선사이고, 선비로는 다산선생이 차와 관련된 많은 실화를 남겼다.

차나무의 특성은 옛 선비의 높은 이상과 흡사하다. 뿌리는 땅속에 바로 내려가 옮겨 심지 못하고, 열매를 맺으면 이듬해 꽃이 필 때까지 남아 있어 실화상봉수實花相逢樹라 하며, 낙엽이 지지 않는 등, 영물이라는 것이다. 또 차는 선이고 멋이며 절개의 상징이다.

강의가 계속되는 동안 다실에 가부좌를 틀고 앉아 있자니 좀이 쑤시고 아프지 않은 데가 없었다. 의자 생활에 익숙해진 탓도 있지만, 선비는 아무나 될 수 없겠다는 생각이 들었다. 조선 후기에 어느 양반집 종이 면천되어 장사로 많은 재물을 모으자, 양반이 되고 싶어 큰돈을 주고 족보를 샀으나 사흘 만에 양반을 포기했다는 우스갯소리가 생각났다.

P 회장 다실에 초대받아 간 적이 있다. 청매헌靑梅軒이라는 옥호를 달고 있는 차실은 담백하면서도 고담한 분위기가 느껴졌다. 한지를 바른 벽은 은은한 분위기를 자아냈고, 바닥엔 돗자리가 깔렸다. 가죽나무 다탁위의 다기와 찻상에 놓여 있는 여러 가지 다구 모습만 보고도 주눅이 들었다. 무슨 차를 좋아하느냐고 묻는 말에 그냥 우리 차라고 해놓고 무지를 드러낸 것 같아 얼굴이 붉어졌다. 그때 나는 우리나라 전통 행다법이 무척 복잡하고 어렵다는 생각을 하면서 차를 우려내는 P 회장의 모습을 보고 선비와 같은 풍모를 느꼈다.

퇴직 후에 우연히 다구 전문점을 운영하게 되었다. 아마도 P 회장집 다회 영향을 받은 듯싶다. 다도를 익혔으나, 손님에게 차를 우려내는 일은 주로 아내 몫이 되었기에 어렵게 배운 행다법을 거의 잊어버렸다.

단골손님이 늘면서 다실에서 차를 마시며 다담을 하고 싶다는 바람이 많았다. 손님의 기대에 부응하기 위해 다실을 만들면서 차인의 흉내를 내게 되었다. 혼자 녹차를 우려 놓고 한모금씩 넘기며 사색에 잠기는 시간이 군자가 된 것처럼 여유롭고 좋았다.

공자 말씀에 '자 왈子曰 군자君子 불기不器'라는 말이 있다. 군자는 한 곳에만 쓰이는 한정된 그릇이 되어서는 안 되며, 전인적인 인격을 갖추어야 한다는 뜻이다. 같은 의미로 차를 일러 불기라고도 하였으니 차의 품성이 군자와 다르지 않다. 차는 선이고 멋이며 절개라는 말이 새삼스럽게 떠오른다.

불가에서 선승은 수도 정진하여 참선의 삼매경에 듦으로서 대오각성 하듯이 차인이 차의 삼매경에 들면 묘경妙境에 이른다 하여 '다선일여茶禪一如'라는 말도 있다. 멋이란 사람의 생각과 언행이 이상의 경지에 이르러 품위 있고 운치가 느껴지는 풍류 같은 것이라 했다. 또 절개는 상록의 차나무처럼 세한의 정을 지닌 선비의 굳은 충절이요, 출가하면 차나무처럼 옮겨가지 않고 한 남자만 섬기는 여성의 절의라는 것이다.

논어 위정 편에 사무사思無邪라는 말이 나온다. 공자의 말씀을 음미해본다.

'자 왈子曰 시 삼백詩三百 일언이폐지一言以蔽之 사무사思無邪'

시경詩經에 있는 시 삼백 편을 한마디로 일괄하여 말하자면 '생각함에 사특함이 없다' 는 것이다. 사무사에 대해 생각하다 보니 언뜻 P 회장 다실에 걸려 있던 한시가 떠오른다. 그때는 다시에 관심을 두지 못했던 터라 군자君子와 다茶라는 한자어로 보아 군자는 차를 좋아한다는 뜻쯤으로 알았다. 다만, 끝 부분의 성무사性無邪라는 글 뜻을 잘 몰라서 별 생각 없이 지나쳤다. 다도를 배운 덕에 그때 그 한시漢詩가 우리나라 다성茶聖인 초의선사가 지은 다시로 많은 다인茶人의 사랑을 받고 있다는 사실을 뒤늦게 알게 되었다.

古來賢聖 俱愛茶 茶如君子 性無邪
예부터 성현이 모두 차를 즐겼으니,
차는 군자와 같아 품성에 삿됨이 없다.

가게에 손님이 들면 맞이하는 인사가 차 한잔 하시지요!, 라는 말이다. 자주 들르는 손님은 물론 처음 오는 손님도 바쁘지 않으면 찻잔을 나누게 된다. 차를 나누다 보면 온갖 사는 이야기가 쏟아진다. 때로는 고된 세상살이 이야기도 하고, 아들딸 자랑하다가 끝내는 장가든 아들이 야속하다며 눈물을 흘리는 분도 있다. 요즘에는 선거나 청문회 이야기도 심심찮게 나온다. 정치가는 물론 기업가든, 지식인이든, 지도층이 사특하고 간사한 마음을 버려야 건전한 사회가 된다는 것이다.

수천 년 세월이 흘렀지만, 고전의 진리는 변하지 않았다는 사실을 새삼스럽게 깨닫는다. 여러 손님의 다담 속에는 사무사思無邪를 바라는 염원이 녹아 있다.

혼자 차를 마시며 눈을 감으니 내 마음 속에 남아 있는 사특한 악령이 꿈틀거리고 있음을 느낀다. 온갖 번뇌가 생기고 급기야 며칠 전에 본 공직자 청문회장 모습이 떠오르고 미묘한 갈등까지 생긴다. 한번 간사한 마음을 가지니 불편한 생각이 꼬리를 문다. 내가 먼저 연락을 취하지 않으면 소식 없는 친구가 야속하고, 혼자 차 마시는 자신이 외롭다는 생각이 든다.

범부가 차를 마신다고 사무사의 경지를 엿볼 수 있을까마는 찻물이 마음 속 악령을 없애주길 바라며 초심으로 돌아가기 위해 흔들리는 마음을 다잡아 본다.

모난 벽돌

지난해 가을 가게의 도로면 자투리땅에 만든 화단이 동네의 화젯거리다. 겨우 한 해가 지났는데 크고 작은 화초가 녹색의 향연을 펼치고 있다. 농원에서 옮겨다 심은 남천은 사름을 잘해서 빨간 열매를 수도 없이 달고 있고, 잎은 빨간 물이 들어 천연색의 신비를 보여준다. 아이비의 일종인 헤데라는 화단을 온통 푸르게 만들어 놓았고, 만리향은 건드리기만 해도 향기로 감사의 인사를 한다. 서양채송화, 꽃잔디, 해국, 돌단풍, 메발톱, 고란초 등 많은 화초가 한 가족이 되어 오가는 사람의 눈을 즐겁게 해주고 있다. 화단 덕분에 가게가 더 아름답게 보인다거나 건물의 가치가 높아졌다는 동네 사람의 이야기가 싫지만은 않다.

처음 화단을 만들었을 때만 해도 그리 유쾌하지 못했다. 쉽게 생각하고 치밀한 준비 없이 일을 벌인 때문이었다. 경사가 있는 지면에 그대로 벽돌을 쌓는 바람에 화단이 기울어 보였고, 손재주가 서툰 탓으로 쌓아 놓은 벽돌이 가지런하지도 못했다.

가장 큰 문제는 필요한 벽돌 숫자를 잘못 계산해서 두 번씩이나 사오고도 부족해 헌 벽돌을 사용한 데서 생겼다. 헌 벽돌은 크기와 색상이 달라서 벽의 조화를 깨트리고 튀어나온 부분이 눈에 거슬렸다. 일을 마치고 나서도 개운치 않았고 언젠가는 허물고 다시 쌓아야겠다는 생각을 떨칠 수가 없었다.

그렇게 가을이 지나고 봄이 되어 화초를 옮기고, 이웃이 주는 꽃나무를 심다 보니 여름이 되자 제법 어우러졌다. 꽃나무가 자라고 아이비가 줄을 뻗어 가니 삐뚤고 튀어나온 벽돌도 잘 보이지 않게 되었다. 하지만 삐뚠 벽돌로 말미암아 내 마음속에 박혀 있던 모난 돌이 어느 날 불편한 진실로 살아나 나를 괴롭히고 있었다.

젊은 시절 나는 꽤나 모난 사람으로 꼬리표가 붙은 적이 있다. 아파트 건축이 한창 붐을 타고 있을 때 우리 고장의 주력 산업은 주택 건설업이었다. 건설회사가 빚을 얻어 땅을 사고 모델하우스만 지으면 아파트 분양은 식은 죽 먹기였다.

호사다마라 했던가. 주택 건설업체들이 사업을 무작정 확장하다 보니 오히려 자금은 기하급수적으로 더 많이 필요하게 되었다. 거래처 중에 지방의원을 겸하고 있던 건설회사 회장이 은행으로 방문하여 거액의 융자 요청을 했다. 본점에는 이야기가 다 되어 있으니 서류만 올려 달라는 것이었다. 이미 그 업체는 과다 융자 상태였고 부실 징후가 있는 업체로 파악되어 사후관리에 신경을 쓰던 상태였다. 추가 융자를 거절하고 오히려 업체가 살려면 사업 확장을 중단하고 자금관리에 충실해야 한다고 하자 회장은 화를 내고 돌아갔다.

며칠 지나지 않아 본점에 들어오라는 호출이 떨어졌다. 그날 나는 상사로부터 '모난 돌이 정 맞는다.'라는 충고를 장시간 들었다. 그 일 후 정기 인사 때 좋은 실적 평가에도 지방으로 발령이 났다. 시류에 영합하여 이익을 추구하는 방법을 모른 것은 아니었다. 모난 돌이 되더라도 나의 생각을 바꿀 마음은 없었다.

그로부터 몇 해가 지나지 않아 아파트 공급 과잉 사태로 많은 건설업체가 도산하고 은행마저 덩달아 부실의 위기에 처했다. 적지 않은 직원이 부실 융자 책임으로 물질적 정신적 피해를 보고 큰 고통에 시달렸다. 다행히 나와 함께했던 동료는 무사했다.

장마가 지나고 나니 화단의 식구들은 생명의 신비를 한껏 보여주고 있었다. 가끔 꽃나무가 없어지기도 했지만, 워낙 번식이 잘되어서 잃어버린 꽃나무가 아깝지 않았다. 화단 덕분에 동네사람에게 인심을 쓴 기분이었다. 다만, 튀어나온 벽돌이 옥의 티로 남아 있어 언젠가는 허물고 새로 쌓으리라는 결심을 굳혀가고 있었다.

화단을 볼 때마다 삐죽 나온 벽돌을 못마땅해 하는 내 마음을 눈치챈 아내가 극구 만류했다. 크기가 다르고 색상도 같지 않은 벽돌을 삐뚤게 쌓은 것이 훨씬 자연미가 있고 정감이 간다는 것이다. 그리고 보니 화단의 구성원도 한 종류가 아니었다. 다양한 생명체가 어울려서 조화를 이루고 있다. 튀어나온 벽돌도 화단의 한 구성원이 되어 역할을 충실히 하고 있으니 전화위복이 된 셈이다.

문득 얼마 전에 읽은 글이 생각났다. 아잔 브라흐마라는 사람이 지은『술 취한 코끼리 길들이기』에 '벽돌 두 장' 이야기가 나온다. 한 스님이 절을 짓기로 하면서 비용을 아끼기 위해 손수 시멘트와 벽돌을 쌓았다. 오랜 시간이 걸려 한쪽 벽면을 완성하고 성취감에 우쭐한 생각이 들었다.

스님은 한 걸음 물러서서 감탄의 눈으로 벽을 바라보기 시작했다. 그 순간 큰 실망을 느꼈다. 자신이 공들여 쌓은 벽면의 그것도 가장 중간의 벽돌 두 장이 어긋나 있었기 때문이다. 단 두 장의 벽돌로 벽의 조화가 깨어진 것처럼 보였다. 스님은 주지 스님에게 벽을 허물고 다시 짓겠다고 말했지만 주지 스님은 허락하지 않았다. 건물이 다 지어지고 사람들이

절을 구경하기 위해 모여들었다. 스님은 방문객이 다녀갈 때마다 가슴이 조마조마했다. 그러던 어느 날 한 방문객이 그 벽 앞에 서서 "매우 아름다운 벽이군요." 하고 말했다.

화단을 헐고 새로 만들겠다는 생각을 접었다. 튀어나온 벽돌이 존재의 가치를 알려주었다. 비록 삐뚤게 쌓은 벽돌이지만 그것을 빼버린 화단은 상상할 수가 없다. 모든 구성물은 나름의 존재 가치가 있고 귀중하기 때문이다.

화단의 튀어나온 벽돌이 내 가슴속에 있던 모난 돌을 귀중한 돌로 바꾸어 놓았다.

오늘은 나, 내일은 너

  낙엽 비가 내린다. 초겨울 비가 몰고 온 찬바람이 옷깃을 여미게 한다. 생의 끝자락을 맞은 빛바랜 나뭇잎이 바람결에 후드득 떨어지며 이별을 알린다.

  해마다 이맘때가 되면 나는 바람에 나부끼는 낙엽을 보면서 떨고 첫추위에 떨게 된다. 사람은 언젠가 태어났던 곳으로 되돌아가야 할 운명을 타고났지만, 그 준비에 소홀했기 때문이다. 아무리 건강하고 젊어도 죽음에는 순서가 없다는 이치를 누구나 알고 있다. 단지 바쁜 생활 중에 죽음을 잊고 살거나 남의 일인 줄 착각 속에 살고 있을 뿐이다. 나무는 겨울바람을 이겨내고 눈보라에 꺾이지 않기 위해 잎을 떨어뜨리고 나목이 된다. 벌거숭이가 된 나무는 다가오는 새봄에 키워낼 새 생명을 위해 휴식과 기도의 시간을 가질 것이다.

천주교회에서는 해마다 11월을 위령 성월로 정해놓고 위령 기도를 바친다. 자신의 죽은 조상은 물론 모든 죽은 이의 영혼이 하늘나라에서 편히 쉬도록 하느님과 성인들에게 간절히 구한다. 많은 사람이 수확의 기쁨을 누리고 단풍놀이로 흥에 겨워 있을 때 교회는 성찰과 죽음을 생각한다. 11월은 결실의 기쁨을 마무리하고 겨울 터널 앞에서 비우고 내려놓는 성찰의 달이다.

지난주 주일 미사 때 연도 공지가 있었다. 프란치스코 형제가 새벽에 하느님 품으로 갔다는 소식이다. 믿어지지 않는 인생의 허무다. 성전 입구에서 주차 정리를 하던 봉사자들이 생사의 혼돈과 갑작스러운 충격에 몸서리를 친다. 전날 저녁 그들의 늦은 술자리를 질타하며 가정으로 돌아가라던 그 형제가 불과 몇 시간 전에 운명했다는 사실이 믿어지지 않는다는 것이다. 삶과 죽음의 경계가 이토록 가까울 수 있을까? 그는 아직은 생명의 절정을 누려야 할 오십대 푸른 잎사귀임에도 너무 빨리 흙으로 돌아간 것이다.

여름날, 온종일 농원에서 땀을 흘리다 날이 저물면 기진한 몸으로 찾아가는 집이 있다. 기력을 보충해주고 목마름을 해결해주는 이웃의 삼계탕 집이다. 삼계탕을 주문하면 하얀자기병에 담은 인삼주가 따라 나온다. 갈증이 심한 날은 빼갈잔 서너 잔으로는 한에 차지 않는다. 그런 날엔 어떻게 알았는지 주인이 씩 웃고는 "한 병으론 부족할 깁니다."라면서 슬며시 하얀 병 하나를 더 가져다 놓는다. 그렇다고 아무에게나 다 그렇게 하지는 않는다. 그가 수년 전 우리 동네에 개업했을 때만 해도 손님으로부터 너무 무뚝뚝하다거나 인정이 없다는 불평을 들었다. 시간이 지나자 그의 진심이 보였고 좋아하는 단골이 늘어났다. 그는 진국이었다.

장례 미사가 끝나고 고별식 때 망자의 약력 보고가 있었다. 여느 죽은 자의 약력처럼 화려한 경력도 없고 관직이나 별다른 감투도 쓴 일이 없다. 그는 배고픈 나그네나 노인을 모셔다가 음식을 대접하고 이야기를 나누는 일을 남몰래 했다. 올해만도 이웃사람 여럿을 성당으로 인도할 만큼 사랑을 실천하는 일을 열심히 하였다고 했다. 어느 장례 미사 때보다 많은 교우가 참례하였고 너무 이른 죽음을 애통해하는 분위기였다. 한마디 유언도 할 틈을 주지 않고 갑자기 데려간 건 하느님이 그를 더 소중하게 쓸데가 있었기 때문이리라.

지난주 토요일, 성모당의 성직자 묘지를 참배했다. 연도 드리는 중에 묘지에 떨어져 바람에 굴러가는 낙엽이 초로의 한 인생으로 하여금 죽음의 환영을 보게 했다. 황혼을 맞은 그는 어느 날 갑자기 죽음과 마주친다. 유언장을 써야 하지만 백지장에 글자 한 자도 채울 수가 없다. 후회만 남을 뿐이다.

사람이 죽을 때가 되면 대체로 세 가지를 후회한다고 한다.

베풀지 못한 것이 첫 번째요, 두 번째는 참지 못한 것이며, 세 번째는 더 행복하게 살지 못한 데 대한 후회다. 그 말이 나를 두고 하는 말이라는 생각이 들었다. 한 번도 연탄재처럼 자신을 태워서 남을 따뜻하게 해준 기억이 나지 않는다. '연탄재 함부로 발로 차지 마라. 너는 누구에게 한 번이라도 뜨거운 사람이었느냐' 라는 안도현의 시가 부끄러움을 안긴다.

더 큰 후회는 참지 못했다는 사실이다. 순간을 참지 못해 얼마나 많은 사람의 가슴을 아프게 했던가. 자신 또한 그 가벼움으로 인해 얼마나 숱한 세월을 속앓이에 시달렸던가. 처음에는 죽음을 받아들이지 못해 분노와 원망과 미움에 떨었다. 시간이 흐를수록 자연의 섭리를 받아들이게 되었다. 분노와 미움도, 원망과 상처도 비워내니 비로소 제대로 보이고 마음이 편안해졌다.

죽음과 마주친 한 인생으로 환치된 자신의 모습에 연민을 느낀다. 다시 살아난들 후회되지 않는 삶을 살아낼 수 있을까?

한줄기 찬바람이 죽비 되어 정수리를 후려치는 바람에 놀라 정신이 번쩍 든다. 묘역 앞쪽 중앙에 우뚝 서 있는 십자가상이 천국의 열쇠처럼 빛나고, 무덤 속의 성직자는 죽어서도 하느님의 말씀을 전한다. 기도를 바치는 동안, 묘지 입구 기둥에 쓰여 있는 글귀가 자꾸 떠올랐다.

HODIE MIHI, CRAS TIBI. (오늘은 나, 내일은 너)

3 부
전통의 향기, 군자마을

조선 시대 군자君子라는 말은 선비에게 주어지는 최고의 찬사였다고 한다. 한 사람도 아닌 일곱 자손이 군자처럼 살았기에 '군자마을' 이라는 이름을 얻었다니 그 삶의 세계가 궁금하다.

청매원의 복수초

논개, 빛으로 나다

문득 지난해 춤 공연에서 본 여주인공이 떠오른다. 우리 고장 어느 무용단이 한 여인의 의로운 죽음을 춤으로 연출해내는 특이한 공연이었다.

공연이 시작되었지만, 한동안 무대는 캄캄했다. 잠시 후 한 줄기 빛이 비치고 무대의 자막엔 진주 남강의 검푸른 물결이 울분을 토하며 흘러가는 영상이 나타났다. 왜군의 승전잔치가 벌어지던 촉석루는 아수라장이 되었고 강물에 솟아있는 바위는 삶과 죽음이, 승리와 패배가 찰나에 생긴 티끌만도 못함을 웅변하는 듯 눈물에 젖어 있다. 기막힌 역전이 펼쳐진다. 전쟁 승리에 도취한 왜장은 조선 기생의 팔가락지에 끼워진 채 강바닥에 누워 떠내려가고 있지만, 조선의 여인은 민족의 빛이 되어 다시 태어난다.

왜군의 침략으로 암울했던 조선의 혼을 일깨워준 한줄기 여인의 빛이 무대를 밝힌다. 춤꾼이 무대에 등장하여 춤을 추기 시작한다. 춤꾼들은 고관대작이 되고 아전이 되어 탐욕과 수탈의 삶을 한편의 희극으로 연출한다. 오백여 년 전 조선 백성의 삶을 춤으로 재현해내는 춤꾼의 모습이 지금도 이어지고 있는 또 다른 어둠의 절규처럼 느껴진다.

궁궐에서 가무에 심취된 고관의 모습을 연출하는 춤꾼은 흰 수염 날리는 정승 되어 비단옷 자락을 숨 가쁘게 휘몰아간다. 임금의 황금빛 곤룡포가 여인의 허리를 감싼다. 지방 관아에서는 한양으로부터 풍겨오는 부패와 타락의 냄새를 맡고 관리는 탐욕을 채우기 위해 백성 닦달하기에 여념이 없다. 현감이 되고 아전이 된 춤꾼이 백성을 수탈하기 위해 육모 방망이를 휘둘러댄다. 누더기 흰옷을 걸친 춤꾼이 바닥에 쓰러진다. 양식을 빼앗긴 백성이 굶주려 죽고 병마로 신음한다. 가정은 파탄 나고 부모, 자식은 흩어져 산천을 헤맨다. 급기야 관아의 곳간이 거덜나고 병사마저 도망가는 지경에 이른다. 삼천리강산이 어둠 속으로 사라지고 신음이 천지에 진동한다. 춤꾼도 자취를 감추고 무대는 암흑과 정적에 쌓인다.

다시 불길한 불빛이 무대를 밝힌다. 정복의 횃불이다. 조선의 부패와 어지러움을 정탐한 도요토미 히데요시가 정벌에 나선다. 왜군 장수로 변신한 춤꾼의 동작이 날아갈 듯 힘차고 날렵하다. 왜검이 허공을 가로지르며 망나니 칼춤을 추어댄다. 침략자의 진영에는 살기가 등등하고 조선 관군은 제대로 한번 싸워보지도 못하고 가을바람에 떨어지는 낙엽 신세가 된다. 어제까지 들리던 가무 소리가 탄식과 신음으로 변한다.

온전한 나라의 존재가 이토록 소중한 줄 꿈엔들 생각해보았던가. 조정의 대신들은 비단옷 걸친 허수아비 되어 무참히 베어지는 백성을 버리고 도망치기에 바쁘다. 어가御街는 도망치듯 한양을 떠나고 궁궐은 불타오른다. 삶과 죽음의 갈림길에 선 장수고을 현감은 장수將帥가 되어 전장에 나가지만 성안의 백성과 함께 전사하고 진주성은 함락된다. 왜군의 검에 베어진 칠만의 민, 관, 군의 피는 남강 물을 붉게 물들인다. 조선의 마지막 보루였던 진주성은 함락되고 칠 만이 넘는 백성이 참혹한 죽음을 당하였으니, 이보다 더한 민족의 비극이 어디 있겠는가.

한때 현감의 후실이 되어 평온한 삶을 이어가던 논개와 그 어미도 살아남을 방도를 찾아 산천을 헤맨다. 삶과 죽음을 넘나드는 한 인간의 고뇌에 찬 모습이 춤꾼의 연기로 표출되니 공연장엔 전율이 흐르고 숨소리도 멎은 듯하다. 백성이 끝없이 죽임당하고 사랑하는 사람마저 주검이 되어 공포의 미끼로 이용되는 모습을 보고 논개는 결단을 내린다. 원수를 갚기 위해 기생으로 위장하여 승전 자축연이 벌어지는 촉석루에 다가가 애끓는 시 한수를 읊는다.

승리에 도취한 왜장이 스스로 찾아온 미모의 여성을 전리품인 양 불러들인다. 논개는 이미 마음을 정했다. 이 땅의 딸로 태어나 쓰러져가는 나라와 민족의 치욕을 어찌 그냥 보고 있어야 하며 사랑하던 임의 통한은 누가 풀어주랴. 격정에 찬 춤꾼이, 아니 논개가 울부짖는다.

"부끄럽지 않은 민족의 딸이 되고 싶다. 사람의 도리를 하고 싶다."

마침내 논개는 왜장을 취하게 하여 강기슭 바위로 유인한다. 포식한 야수가 된 적장은 천하를 품에 안는다. 간장을 녹이는 여인의 노래와 춤, 술에 어찌 취하지 않을 수 있으랴. 적장은 흥에 겨워 승리의 감동을 만끽한다. 전리품으로 빼앗은 가락지를 여인의 열 손가락에 끼워준다. 여인은 통한의 가락지에 입 맞추고 이승에 이별을 고한다. 죽음으로 겨레의 품에 영원히 안기리라 다짐하면서.

"나는 죽지만 조선은 일어선다."

여인은 양팔을 벌려 부드럽게 술 취한 적장의 허리를 감싸 안는다. 가락지 낀 열 손가락으로 큰 가락지 하나 만들어 적장의 허리를 옥쥔 채 강물에 몸을 던진다. 패장의 여인이 겨레의 꽃이 되어 적장을 안고 강물에 떠내려간다.

누가 승자고 누가 패자인가?

참혹하게 죽어 간 억울한 영혼을 위로하고 민족혼을 일깨우는 거룩한 죽음이다. 논개의 가락지 사이로 남강이 흐른다. 겨레의 강으로 다시 태어난 검푸른 남강물이 울분을 토하며 몸부림친다. 춤꾼은 강물에 떠내려가고 무대는 막을 내린다.

무대를 밝히는 빛이 들어왔다. 오백여 년 전 한 여인의 의로운 향기가 빛이 되어 세상을 밝혀주는 영혼의 빛으로 다시 났다. 비천한 기생은 나라와 백성을 구하는 의인으로 태어났고 강기슭에 솟아 있는 바위도 의암義巖이라는 이름을 얻었다.

모자

세차게 불어오는 한 줄기 바람이 머리카락을 온통 흩트려 놓는다. 적은 머리숱 때문에 옆머리를 길러서 간신히 덮어 놓았는데 바람을 맞으니 영락없이 흘러내린다. 오늘처럼 바람이 심하게 부는 날 외출에는 그의 도움을 받지 않을 수 없다.

그를 처음 만난 건 초등학교에 입학하여 첫 번째로 맞이한 운동회 날이었다. 만국기가 휘날리는 드넓은 운동장에서 만난 그는 청군과 백군을 가리는 상징이요 표식이었다. 중학교에 입학하고 첫 등교 날 까만 몸통에 챙이 달린 폼 나는 그를 만났다. 경제가 발전되고 사람들의 삶이 다양해지자 그의 모습도 천의 얼굴로 진화를 거듭하고 있다. 오늘처럼 바람 부는 날엔 그의 존재가 유난히 고맙게 느껴지고, 만물의 영장이라 일컬어지는 사람 머리 위에서만 군림하는 그의 정체성이 새삼스럽게 빛을 발한다.

초등학교 육 학년 여름 방학 때 일이다. 나는 동네 조무래기 친구들과 함께 한여름 더위를 이기기 위해 가까운 강으로 미역 감으러 갔다. 그중에는 평소에 어울리지 않던 동네 형이 있었다. 대도시의 명문 중학교에 유학 중 방학을 맞아 고향집에 돌아온 이웃집 형이다. 조무래기들이 그 형에게 시기심이 생긴 탓인지, 몇 날을 꼬드겨서 함께 가게 된 것이다.

강가에 이르자 친구들은 누가 먼저랄 것도 없이 옷을 벗어 던지고 강물에 뛰어들어 물놀이를 했다. 헤엄을 치지 못하는 그 형은 뙤약볕 아래 모래밭에서 아우들의 물놀이 모습을 바라만 보고 있을 뿐이었다. 물장난에 정신이 빠져있는데 갑자기 어른의 꾸지람 소리가 들렸다. 흰 구두에 중절모자를 쓰고 선글라스까지 낀 신사 한 분이 그 형을 으르고 달래기를 반복하고 있었다.

반 강압에 못 이겨 신사를 업고 강을 건너던 형이 강 중간쯤에서 힘이 빠지자 신사를 강물에 놓아버렸다. 신사는 순식간에 물에 빠진 생쥐 꼴이 되었고, 겁먹은 형은 도망쳤다. 신사가 발도 담그기 싫어하던 강물을 입으로 코로 들이키는 사이 무심한 강물은 모자를 싣고 유유히 흘러가고 있었다. 강 아래쪽에는 백 년 묵은 이무기가 살고 있다는 용소龍沼가 입을 벌리고 있지 않은가. 용소에 이르러 사나워진 강물은 급기야 모자와 함께 신사의 자존심마저 삼키고 말았다.

조무래기들의 통쾌한 웃음소리는 신사를 더욱 초라하게 하고 말았다. 모자를 건져 줄 수도 있었는데 심술 섞인 재미만 즐겼으니 얄개짓이 지나쳤다는 후회를 하긴 했다. 어린 탓에 어른에게 못된 짓을 했지만 기분 좋은 추억이 되었다.

칠십 년대 초에 겪은 일이다. 은행 업무용 승용차로 영주 지점에 현금을 실어주고 돌아오던 길이었다. 그 당시 영주에는 담배 제조 공장이 있었고 인근에 광산이 위치한 터라 현금 수요가 많았다. 공사 중이었는지 기억이 나지 않지만, 그때 도로의 일부 구간은 비포장 길이었고 자동차는 느린 속도로 움직였다.

도포 차림에 갓 쓴 선비가 길가에서 손을 흔들었다. 종가의 불천위不遷位 향사享祀에 참례하러 가는 길인데 버스 정거장까지 좀 태워 달라는 부탁이었다. 그때는 말뜻을 잘 알아듣지 못했지만, 감히 되물을 수가 없었다. 다만 한학과 예절에 조예가 깊은 선비일 거라는 짐작만 했다.

노인은 차가 덜컹거릴 때마다 갓을 다칠까 갓 잡은 손을 잠시도 놓지 못했다. 노인의 근심을 조금이라도 덜어 주려고 아주 느린 속도로 가자고 운전기사에게 부탁했다. 그런 와중에 자연스럽게 통성명을 하게 되었고, 이왕 타신 김에 행사장까지 모셔드리겠다고 했다. 그러나 노인은 종가로 가는 마을 어귀 국도변에서 내렸다. 고맙다는 인사를 정중하게 남기고 선비다운 풍모로 팔자걸음을 옮겼다.

말총으로 만든다는 갓의 정교한 모양과 옥색 도포만으로도 선비 정신이 풍겨지고, 스스로 삼가는 모습에서 양반의 체취가 느껴졌다. 며칠 후 안동지점에서 고맙다는 전화 한 통이 걸려왔다. 노인 한 분이 찾아와서 그날 있었던 사연을 얘기하면서 답례로 꽤 많은 예금을 하고 갔다는 소식이었다. 그 일은 안동이 양반의 고장이라는 이야기와 함께 한동안 은행 안에서 큰 화제가 되었다

오래 전부터 모자는 주인의 정체성을 상징하는 최상의 자리를 차지하고 있다. 갓을 쓰면 선비가 되고, 신사모를 쓰면 신사가 된다. 카우보이모자는 서부의 사나이를 연상하게 하고, 빨간 해병대모자는 강인한 해병대 정신을 느끼게 한다.

모자는 대체로 두 가지 기능을 가지고 있다. 털모자나 작업모처럼 외형적인 기능이 있는가 하면 갓이나 사관모처럼 상징적 기능도 있다. 내가 모자를 쓰는 것은 숱 적은 머리를 보호하고 추위나 햇볕을 가리기 위함이니 전자에 속하는 셈이다. 요즘은 모자를 나이에 맞추어 계절 따라 바꾸어 써야 하니 꽤 신경이 쓰인다. 머리 보호도 해주고 갓의 역할도 하는 근사한 모자 어디 없을까?

도동서원道東書院

삼월 끝날 봄바람은 그리워하던 여인의 손길처럼 부드럽고 향기롭다. 이른 아침 봄맞이에 나선 책쓰기포럼회원들은 도동서원 가는 길에 현풍휴게소 한쪽에 아침상 자리를 폈다. 상쾌한 바람과 따스한 아침 햇살이 반찬으로 더해진다. 휴게소 공원 한쪽 매화나무에는 함박눈 내린 듯 매화가 만발했다. 쉴틈 없이 날아드는 벌에 놀라 매화는 팝콘이 마구 터지듯 함박웃음을 터트리기에 바쁘다.

도동서원에 도착하니 은행나무가 먼저 가지를 내려 반겨준다. 스스로 소학동자小學童子로 자신을 낮추고 평생 소학小學 공부에 독신篤信 했던 한훤당寒暄堂 김굉필金宏弼 (1454-1504) 선생의 나무다. 글쓰기 공부를 위해 찾아온 문우들에게 은행나무는 낮추는 법부터 배우라고 가르친다. 한훤당 선생은 서른 살에 이르러서야 사서삼경四書三經을 섭렵하였다니 얼마나 소학에 심취했는지 짐작이 된다.

수월루水月樓를 거쳐 환주문喚主門에 이르는 계단은 좁다. 돌계단이 하도 좁아서 한 사람씩만 다녔다고 한다. 학문의 길은 좁고 외롭기에 선비가 사색에 잠겨 천천히 계단을 오르듯 스스로 한 걸음씩 나아가라는 교훈이 배어 있다.

오늘날 교실이라 할 수 있는 중정당中正堂에 오른다. 강당인 중정당은 높은 기단 위에 세워져 건물의 위용을 더하고 있다. 동방오현東方五賢중 으뜸의 표시로 강당 기둥에 둘린 백분칠이 직선으로 낮은 자리에 서 있는 은행나무와 묘한 대비를 이룬다. 광주 교육대학생 서너 명이 해설사의 강의에 귀를 기울인다. 도동서원이 유일한 북향 서원이라는 사실과 전라도의 인촌 김성수仁村 金性洙 고택이 북향이라는 공통점이 있다는 기지 있는 해설에 남도의 예비 교사들이 친근함을 느끼는 눈치다.

서원 터가 학이 비상하는 형국이라는 풍수지리 이야기는 고서원의 신비를 키운다. 건물 짓는 중에 무너지기를 거듭하는 바람에 목수가 큰 어려움을 겪었다고 한다. 어느 날 목수는 유생의 숙소를 먼저 짓고 담장을 지은 다음 강당을 지으라는 꿈을 꾸었다고 한다. 꿈대로 해서 서당 건축을 무사히 마칠 수 있었다는 이야기는 서원의 숨은 역사로 남아 있다.

서원은 조선 시대 선비의 상징이다. 선비들이 서원에 모여 시문을 읊고 쓸 때 비로소 선비의 풍모를 드러낸다. 글은 인간에게만 주어진 특전特典임에도, 글로 인해 피해를 입는 경우가 종종 있다. 필화筆禍는 어느 시대나 있었지만, 사화士禍만큼 처절한 역사가 또 있었을까.

탁영 김일손金馹孫은 글을 너무 잘 쓴 것이 화근이 되었는지 모르지만, 젊은 선비는 글 때문에 서른넷 청춘에 푸른 날개를 접어야 했다. 사관史官 벼슬에 오른 선비는 의義를 쫓아 스승의 글을 사초史草에 올렸다. 그 글이 자신뿐만 아니라 조선 전기 사림士林의 몰락을 가져오고 역사를 바꿀 줄 누가 감히 예측했던가. 그때부터 영남의 선비는 출셋길이 막혔고 그 여파는 오늘에까지 영향을 미치고 있다.

중정당 마루에 앉아 오백 년 전을 상상해본다. 책쓰기 회원이 유생儒生이 되고 지도 교수님이 스승이 되어 강론에 몰두하면서 시간여행을 떠난다.

지방 관아 재정 일을 맡아 보던 이 생원은 수십 년 만에 찾아든 기근 때문에 관직에서 쫓겨난다. 백수가 된 그는 평소에 별다른 재주가 없어 하루하루를 울분과 원망으로 보내던 중 무료함을 이기기 위해 글을 써 보기로 마음먹는다. 어린 시절 과거를 보기 위해 서책을 가까이 한적 있지만, 글재주가 없어 글쓰기는 쉬운 일이 아니다. 다행히 글공부하면서 선비 행세

하는 유생 모임이 있다는 소문을 듣고 가담하여 함께 공부할 수 있는 행운을 얻었다. 그 모임에서 당대에 이름난 유학자인 한훤당 선생의 도동서원에 왔다.

중정당에 앉아 스승의 강론을 듣는 유생들의 모습이 진지하다 못해 두렵다. 강론을 듣고 글을 정해진 기간 안에 써야 하기 때문이다. 수필은 거짓 없이 써야 하고 형식도 일정하지 않다고 하나 오히려 쓸수록 어렵게 느껴진다. 다행히 함께하는 유생들의 문장이 뛰어나 아침 햇살에 빛나는 이슬처럼 아름다운 글을 잘도 써내는데다 엄격한 스승님의 득달이 보름마다 한편의 글을 생산하게 해준다. 도동서원의 주인처럼 기초 학문에 충실하고 자신의 몸을 낮추는 법부터 배우라는 스승님의 호통 소리에 깨어나니 이틀 안으로 제출해야 할 글쓰기 과제가 걱정이다.

중천의 해가 서편으로 기우니 시장기가 뱃속 여행 다니는 소리가 요란하다. 문자를 가진 인간이기에 육신의 허기는 밥으로 해결되지만, 정신과 영혼 양식은 따로 구해야 한다. 영혼 양식을 위해 신앙에 귀의한다. 그래도 허기가 채워지지 않아 정신의 위안을 얻고자 수필을 써본다. 내 속의 참 나를 드러내기가 쉽지가 않다. 글쓰기가 점점 어렵고 두려워진다. 가까이할수록 무지는 잡초처럼 무성해지고 정신의 시장기는 채워지지 않는다. 다행히 책쓰기포럼 덕분에 시장기를 잊을

때도 있다. 오늘은 도동서원에서 많은 양식을 얻어가니 마음
이 여유롭고 하루해가 짧다.

틈의 진화

동해의 꽃이 보고 싶었다. 고속도로를 신나게 달린다. 싱그러운 산야의 풍경이 속도 속으로 사라진다. 시원한 바람을 타고 넘나드는 초록 풍경을 붙잡아놓고, 풋풋한 향기까지 보태어 오래도록 즐기고 싶다.

동해의 꽃을 보러 가는 길에는 문화유적이 많다. 감은사지 삼층석탑은 틈이 많은 문화재다. 문무왕이 짓기 시작해서 아들 신문왕이 마무리하기까지 세월의 틈이 있었다. 탑은 하나의 돌로 이루어진 것이 아니라 여러 개의 부분 석재로 이루어져 많은 틈을 지니고 있다. 삼국을 통일하여 통일신라를 이룬 대업을 상징하는 듯 석탑은 여럿이 하나 되는 조화의 멋을 연출해놓았다. 웅장했을 감은사 모습을 상상하면서 문무대왕 수중릉으로 향한다.

해변에서 조금 떨어진 바다에 대왕암大王岩이 보인다. 파도가 제법 높은데도 대왕암 주변은 잔잔한 물결이 햇빛에 반사되어 옥구슬처럼 반짝인다. 큰 바위 둘레에 작은 바위들이 있어 파도가 쉬어갈 틈을 내주고 있다고 한다. 옛 조상의 지혜에 절로 고개가 숙여진다. 대왕의 호국 숨결을 느끼면서 숙연해진 마음으로 주상절리柱狀節理를 보러 걸음을 재촉한다.

자연이 연출한 태초의 걸작이 세상에 알려진 건 지난해 이맘때였다. 주둔하고 있던 군부대가 철수하자 자연의 신비가 세상에 모습을 드러냈다.

주상절리를 먼저 보고 온 그녀의 이야기를 듣고 나는 엉뚱하게도 틈이라는 단어에 대한 아픈 기억을 떠올렸다. 틈에 대한 일종의 트라우마일지도 모른다.

젊은 날, 빈틈없다는 말을 듣고 한때 우쭐했던 적이 있었다. 그러나 훗날 빈틈없음이 얼마나 나를 힘들게 하고 외롭게 만들었는지 깨닫기까지 너무 많은 대가를 치렀다. 빈틈을 부정적인 눈으로만 보았던 경직된 시각이 나 자신과 나와 인연 맺은 사람에게 얼마나 많은 상처를 안겼을까 생각하니 지난 날이 부끄러울 뿐이다. 치유를 바라서일까. 그녀가 들려준 틈의 긍정을 빨리 체험하고 싶다.

파도에 부딪히며 서 있기가 힘들어선지 누워있는 주상절리가 많다. 부채꼴 주상절리는 마치 해국海菊처럼 아름답다고 하여 사람들은 동해의 꽃이라 일컫는다. 파도소리 길을 걸으면서 자연이 빚어놓은 조각품을 감상하노라니 억겁의 세월이 지평선 너머 아득하다. 거대한 용암이 분출하여 흘러내릴 때 흙과 물, 바람의 도움으로 틈이 생겨서 걸작이 태어난 것이다.

해변에서 가까운 바다에 바윗덩이가 솟아 있다. 그 바윗덩이에 소나무가 뿌리를 내리고 청청함을 뽐낸다. 흙도 없고 물도 없는 단단한 바윗덩이에서 무엇으로 싹을 틔우고 어떻게 사는지 신기하다. 바위틈에 뿌리 내린 소나무는 오랜 세월 풍상을 이겨내고 꿋꿋하게 동해를 지킨다. 바람과 눈비가 억겁 세월을 먹고 만들어 낸 틈은 생명을 잉태한 자궁이다.

사람들 사이로 한 여인이 빠르게 걸어온다. 틈만 나면 동해의 아름다운 풍경에다 생선회와 파도소리를 버무려 한껏 입맛을 돋우던 그녀다. 오랜만에 고향 바닷가에서 젊은 날 추억을 더듬느라 뒤처진 모양이다.

감포 장터가 그녀의 고향이다. 가난했던 시절, 어촌의 무남독녀로 태어난 그녀는 대도시의 이름난 여고를 거쳐 대학에 유학할 만큼 호강을 누렸단다. 그런 그녀에게는 빈틈이 많았다. 용하게도 그녀 마음의 틈을 파고들어 사랑의 열매를 거둔 남자는 감포읍 외진 동네의 가난한 청년이었다.

홀어머니와 함께 고난의 삶을 산 남편은 매사에 빈틈이 없

고 생활력이 강했다. 노모를 모시며 가정을 꾸리는 데 빈틈없
던 남편은 여유로운 노년을 살아 보지 못하고 수년 전에 돌아
올 수 없는 강을 건넜다.

남편 생전에 마련해둔 과수원이 우리 농원 옆에 있어서 서
로 품앗이하며 지낸 지 오래되었다. 빈틈없고 기가 센 홀시어
머니 탓에 고된 시집살이의 한이 가슴속에 켜켜이 쌓여 있건
만 드러내지 않는다. 일하다 끼니때가 되면 어김없이 시어머
니에게 더운밥을 지어 드리러 간다.

그녀가 빈틈을 보인 건 친구에게도 마찬가지였다. 몇 해
전, 남편 사업 자금이 급하다는 친구의 청을 저버리지 못하고
큰돈을 빌려주었다고 한다. 그 후 지금까지도 친구 남편 사업
이 어떻게 되었는지 모른단다. 그런 친구를 내치지 않고 보듬
어 안은 덕에 황혼 길의 도반이 되고 있다고 한다. 그녀 마음
속의 틈이 또 다른 동해의 꽃으로 진화한 듯싶다.

파도소리 길은 이어지고 있다. 자맥질하는 해녀의 모습에서
삶의 숨결이 느껴지고, 하얗고 빨간 두 개의 등대는 먼 바다
화물선의 고동소리에 선잠을 깬 듯 벌떡 일어서 있다. 어느덧
해는 서산에 걸려 있고 저녁노을이 바다를 붉게 물들인다.

하늘과 땅, 바다가 잠시도 쉬지 않고 변화를 거듭한다. 스
스로 결핍을 치유하고 있는 것이다. 시원한 바닷바람이 폐부
깊숙이 파고들어 청량제가 된다.

벌초 유감

해마다 입추가 지나고 추석이 가까워지면 꼭 해야 할 숙제가 있다. 추석 전 둘째 주 일요일이 숙제하기로 약속된 날이다. 올해는 윤달이 있어 추석이 양력으로 구월 말에 들었지만, 아직도 벌초하기엔 햇볕이 따가운 편이다. 그러나 조상을 섬기는 일이니 한서寒暑를 가려서 할 일은 아니다.

아내와 함께 새벽밥을 지어 먹고 고향 선산先山을 향해 달리노라니 갈 길이 급한데 안개가 자욱하다. 마치 잠이 덜 깨어 꿈속에서 헤매는 것같기도 하고 구름 속을 지나가는 듯도 하다.

조심조심 두 시간 넘게 달려서 산모롱이를 돌아 제일 윗대 산소에 도착하니 일가 종친들 몇이 먼저 와 있었다. 이슬이 마르지 않아서 신발이 다 젖었다. 풀잎에 맺힌 이슬은 아침 햇살을 받아 옥구슬처럼 굴러 떨어졌다. 어린 시절 메뚜기를 잡기 위해 논두렁을 헤매다 보면 어느새 바짓가랑이가 흠뻑 젖고 검정 고무신이 질컥대던 기억이 났다.

얼마 전까지만 해도 어른들이 계셔서 별생각 없이 따라 하면 되었는데 이제는 그것도 그리운 일이 되어 버렸다. 집안 어른이 한 분 한 분 떠나고 나니 지금은 거동이 자유로운 어른은 계시지 않는다. 예초기가 지나간 뒤를 낫으로 정리하는 역할을 하다가 깔구리를 잡은 지가 몇 해 되지 아니한듯한데 세월은 그런 일도 계속하도록 허락하지 않았다. 이제는 뒤에 따라다니면서 잔소리나 하는 처지가 되고 만 것이다. 그새 뒤에 온 사람도 가세하니 일은 빨리 진행되었다.

한 시간쯤 지났을까? 예초기 부대는 "큰 할배 산소는 다 했으니 다음 산소로 갑니다."라면서 다른 산소로 발길을 옮긴다. 그런데 이를 어쩌나! 깔구리 질을 하고 난 뒷모습이 영 아니다. 문득 '처삼촌 산소 벌초하듯 한다.'라는 옛말이 이럴 때를 두고 하는 말 같았다. 배코 치듯 너무 말갛게 밀어도 보기에 안 좋지만 이건 풀을 손으로 쥐어뜯은 형국이다. 지난 시절 훈육 선생이 장발 학생 머리를 가위로 듬성듬성 잘라 놓은 듯한 모습이었다. 그저 대충이고 건성이었다. 한 번만 더 베자고 사정하기를 여러 번 하다 보니 어느새 마지막 산소까지 무사히 끝낼 수 있었다.

요즘은 수목이 울창해서 벌에 쏘이거나 뱀에게 물리는 안전사고가 종종 있어서 늘 조심스러웠는데 무사히 마치게 되어 다행이라는 생각이었다.

벌초를 마치고 산 밑 일가 집에서 준비한 점심 장소로 갔다. 아직은 날씨가 더워서 갈증이 나고 새벽밥을 먹은 탓인지 시장기도 돌았다. 그런데 이미 먼저 온 벌초꾼들이 식사하고 있었다. 얼마나 시장했던지 입에 밥 떠 넣기 바빴다. 풀을 더 많이 베고 늦게 온 사람은 마뜩찮은 표정인데 일행 중 나이 많은 종친의 안색이 굳어졌다. "자네들은 어째서 버르장머리가 그런가!" 불호령이 떨어지고 태풍이 몰아칠 태세였다. 그제야 마지못해 일어서면서 머리를 긁적이는 모습이 민망한건 순간이고 그들의 눈빛이 걱정스러웠다. 땀은 흐르는데 한줄기 찬바람이 스쳐 가는 듯했다.

혼쭐을 낸다고 해결될 일이 아니었다. 혹시라도 맞대꾸라도 하는 날엔 예상치 못한 일이 발생할 수도 있다는 노파심이 들었다. 그냥 혼나고 넘어 가더라도 다음부터 오지 않으면 나이 든 사람의 몫이 늘어날 뿐이다. 빠른 수습이 절실한 상황임을 직감하였다. "그만 자중하게나." 얼른 만류하고 같이 앉아서 식사할 수밖에 없었다. 본디 모든 종친은 제일 윗대 산소에 모여서 순차대로 하게 되어 있다. 그런데도 일부가 자신의 가까운 조상 산소만 풀을 베고 식사 장소로 왔으니 빠를 수밖에 없었다. 하지만, 핀잔은 어림도 없다. 세태가 그렇게 변한 것이다. 세월 탓으로만 돌리자니 뒷맛이 개운치만은 않았지만, 그저 참는 것이 상책이라는 생각이 들었다. 그래도 오십여 자손이 함께 모여서 조상의 산소를 돌볼 수 있다는 사실이 요즘에는 그리 쉬운 일이 아니기 때문이다.

식사를 마친 젊은이들이 한쪽에 모여서 웅성웅성하는 소리가 들렸다. "벌초 같은 것 없으면 좋겠다." 주로 그런 얘기들이었다.

지난해 퇴계 선생 종택에서 하룻밤을 머문 적이 있는데 그때 종손으로부터 '敬'이라는 붓글씨를 선물 받은 적이 있다. 직접 한지에 쓴 글자를 주면서 하는 말씀이 퇴계 선생의 사상을 가장 잘 표현하는 글자가 '敬'이라 하셨다.

산업사회가 되면서 조상을 섬기는 일은 젊은 세대에게는 귀찮고 내키지 않는 일이 되었다. 선비의 고장인 안동지방에서도 시대의 변화를 거스르지 못하고 산소관리와 조상제사 모시는 일을 간소화한 집안이 늘어나고 있다는 얘기를 들었다. 장묘문화의 변화가 빠르게 진행되는 현실이 머리를 어지럽게 했다. 자신의 정체성인 조상도 잊고 살아야 할 만큼 현대인의 삶에는 여유가 없어졌다. 돌아오는 발길이 자꾸만 무겁게 느껴졌다.

기와집 할배와 감나무

감나무 잎에 툭툭 빗방울 뜯는 소리가 들립니다. 놀러 나오라고 불러내던 어릴 적 친구 목소리처럼 정겹습니다. 마당의 감나무가 떨어지는 빗방울에 반갑다고 속삭입니다. 비님 덕분에 올가을에는 주인에게 단감 선물을 듬뿍 줄 수 있겠다고 말입니다. 감나무를 보면서 여름방학을 떠올리자, 어린 시절 감나무 아래 골목에서 놀았던 기억이 그림처럼 펼쳐집니다.

기덕이가 초등학생이던 때, 소년의 마을에는 기와집이 한 채뿐이었답니다. 마을 어귀에 있는 구장댁을 지나 구부러진 돌담길로 들어서면 기와집 바깥마당이 있었습니다. 길과 맞닿은 흙담 안쪽 마당에는 소년의 키 열 배도 넘을 만큼 큰 감나무가 있었습니다. 여름 방학이 되면 조무래기들은 늘 감나무 아래 골목에서 구슬치기며 딱지치기를 하고 놀았답니다.

그날도 동네 조무래기 다섯이 기와집 감나무 아래 골목에서 자치기를 하고 놀았는데, 소년이 친 막대 자가 그만 감나무 가지에 걸렸습니다. 소년이 친구 등을 타고 살금살금 담 위에 올라가니 바로 감나무 가지가 손에 잡혔습니다. 가지에 매달려서 철봉을 하듯이 발을 굴리자 발이 줄기에 닿아서 쉽게 감나무에 올라갈 수 있었답니다. 고개를 드니 눈앞에 빨간 감이 전구에 불이 들어오듯이 다가왔습니다.

잘 익은 놈을 골라서 한입 베무니, 입안이 달콤하고 뱃속에서는 빨리 넘기라고 꼬르륵 소리로 독촉했습니다. 신이 나서 감을 따 아래로 던져 주면 아래서 기다리던 친구들이 받아 모았습니다. 감 따는 재미에 빠진 조무래기들은 그저 즐겁기만 했습니다. 따는데 정신이 팔려 기와집 할배가 다가오는 줄도 몰랐습니다. 붙들려간 조무래기들은 사랑채 봉당 밑에 꿇어앉아 오줌을 지리도록 오래 훈계를 들어야 했습니다.

"왜 남의 감을 함부로 땄느냐?"

"배가 고파서요. 형들이 담 밖 가지에 열린 감은 따 먹어도 괜찮다고 하던데요."

"그건 아니다 요놈들아. 오성 대감 이야기 못 들었느냐? 에헴!"

오금이 저려서 누군가 울음을 터뜨리고 나서야 할배의 연설이 끝났답니다. 훈계의 내용은 오성 대감 이야기와 감나무의 오절 칠덕을 익히고 닮으라는 것이었습니다.

오성대감 이야기는 알고 있었으나 오절 칠덕은 처음 듣는 이야기였답니다. 오절은 첫째 잎이 넓어 글을 쓸 수 가 있어 문文을 가졌고, 둘째 나무가 단단하여 화살촉을 만들 수 있으니 무武를 갖추었다. 셋째는 열매의 겉과 속이 붉어 한결같으니 충忠이 있고, 넷째 북풍한설에도 열매가 가지에 달려 자신을 지켜 가는 절의節義가 있으며, 마지막으로 노인에게 홍시를 공양할 수 있으니 효孝를 행한다는 것입니다. 또 칠덕은 나무의 수명이 길고, 잎이 무성해서 녹음이 짙으며, 가지에 새가 집을 짓지 않으며, 벌레가 먹지 않는다. 거기다가 단풍이 든 잎과 빨갛게 익은 열매가 아름답고, 잎이 떨어지면 훌륭한 거름이 되며, 열매는 귀중한 먹을거리가 되어주니 일곱 덕을 갖추었다는 것입니다.

할배는 감을 따주면 한문 공부도 시켜준다고 했습니다. 조무래기들은 그해 가을, 감 따는 재미로 여러 번 기와집엘 갔습니다. 감도 실컷 먹고 한문도 배웠습니다. 감나무의 훌륭함을 한문으로 배웠지만, 그때는 별로 재미를 느끼지 못했습니다. 얼마 지나지 않아 배운 것을 다 까먹었으나, 감나무가 가졌다는 오절 칠덕이라는 말만은 잊지 않았답니다.

감 따는 일은 재미있었으나 한문 공부는 어렵고 싫었습니다. 소년의 아버지는 기와집 할배가 훌륭한 선비라는 말씀을 자주 하셨습니다. 기와집 할배처럼 덕을 쌓으라고 기덕이라는 이름도 따로 지어주었답니다. 소년이 어른이 되어서야 기와집 할배의 깊은 속뜻을 알게 되었답니다.

봄이 오면 들판은 온통 초록 물결 천지가 됩니다. 종달새 노래가 들리기 시작해 보리가 누렇게 익을 때까지 기와집엔 제삿날이 많았습니다. 보릿고개에 힘들어하는 이웃을 위해 할배가 일부러 지어낸 제사였답니다. 감 따는 일은 동네 꼬마들에게 시켰고, 감을 따면 절반은 상이라며 나누어주었습니다.

기덕이는 기와집 할배의 꼿꼿하시던 생전 모습이 지금도 눈에 선합니다. 기와집 할배를 훌륭한 선비라고 하신 아버지가 그립습니다. 소년 기덕이로 돌아갈 수 있다면 그때 함께 놀았던 조무래기 친구들을 불러 우리집 감나무 아래 마당에서 놀고 싶습니다. 가을이 되면 함께 따서 실컷 먹게 나누어주고 싶기도 하고요.

빗방울이 굵어집니다. 그새 감도 굵어지고 기덕이도 부자가 된 기분입니다.

전통의 향기, 군자마을

 야트막한 뒷산이 병풍처럼 고택들을 감싸고 있다. 소쿠리 모양의 산기슭에 질서 있게 배치된 고택은 고색창연하면서도 단정하고 날씬해서 날아갈 듯하다. 안동 도산서원 가기 전 오천 군자마을에 있는 광산 김씨 예안파 종택과 탁청정을 비롯한 여러 정자다.

 안동은 강 문화의 요람이자 상실의 고장이다. 지방 곳곳에 독특한 사대부가士大夫家 문화를 간직한 전통한옥이 즐비하고, 선비의 체취가 배어 있는 수많은 서원이 있어 안동이 '한국 정신문화의 수도' 임을 웅변하고 있다. 하지만 안동은 조상의 숨결이 배어 있던 집과 산천을 잃어버린 슬픈 상처를 안고 있다. 안동댐이 가져다주는 경제적 가치야 말할 수 없을 만큼 크겠지만, 수몰된 문화유산보다 더 클지는 가늠되지 않는다.

상실은 아픔이다. 사람들은 상실을 회복하기까지 결핍을 느낀다. 수몰의 위기에서 군자마을을 옮겨온 후손들이 그러했으리라. 조선 시대 군자君子라는 말은 선비에게 주어지는 최고의 찬사였다고 한다. 한 사람도 아닌 일곱 자손이 군자처럼 살았기에 군자마을이라는 이름을 얻었다니 그 삶의 세계가 궁금하다.

내년 휴가 때 손자들과 함께 고택 체험을 하기 위해 미리 답사 오길 잘했다는 생각이 들었다. 디지털 매체 속에 파묻혀 사는 아이들에게 며칠 간이라도 자연과 문화유산의 소중함을 체험하게 하자는 나의 제안을 선뜻 들어준 아내가 고마웠다.

나는 중학교 다닐 때까지 시골에 살았지만 태어나서 그때까지 이사를 세 번이나 했다. 그래서인지 한 곳에 뿌리내리고 일가를 이루어 오랫동안 살아가는 집성촌의 친구가 부러웠다. 초등학생 때 살았던 동네는 양씨 집성촌이었다. 사소한 일로 친구와 다툼을 벌여도 상대는 혼자가 아니었다. 처음엔 일대일이었지만 어느새 후원군이 나타나곤 했었다. 그들에게는 종가가 있었고 큰 어른이 있었다. 한곳에 오래 살면 조상의 숨결이 밴 집과 물건은 물론 산과 들, 나무 한 그루도 전통의 향기를 만들어 낸다.

조상 섬김 사상이 유난한 안동 사람에게 실향의 아픔이 어떠한가는 겪어본 이들만이 알리라. 다만, 이곳 군자마을과 농암종택은 훌륭한 후손의 노력으로 새롭게 태어나 전통의 향기가 살아 있으니 천만다행이다. 수백 년 된 나무 기둥과 세월을 입은 기와는 옛 건축물에 배인 조상의 숨결을 그대로 간직하고 있다. 고색창연한 편액과 신도비에는 퇴계 선생을 비롯한 이름난 선비의 흔적이 글로 남아 있다.

후조당 별당채 큰 문에는 자연과 함께하는 옛 조상의 지혜가 배어 있다. 겨울에 문을 내리면 외부와 차단되어 보온이 되고 여름철 더위에는 들어 올려 고리에 걸면 공간을 차지하지 않고 문이 없는 형태가 된다.

산기슭 오른쪽 자락에는 김유의 종택이 있고 그 아래에 가장 아름다운 정자라는 탁청정이 자리하고 있다. 탁청정濯淸亭은 그의 호를 따서 지은 이름이다. 최근에 문화재청이 중요민속문화재 272호로 지정했는데 예로부터 건물이 아름다워서 화루華樓라고 불렀다고 한다. 두 개의 방이 있고 넓은 마루에 연못까지 갖추었으니 보통의 정자와는 규모부터 다르다.

정자 마루에 오르니 옛 선비의 글이 새겨진 시편이 사방에 걸려 있다. 학문 높은 선비가 정자에 앉아 시를 짓고 읊는 소리가 들리는 듯하다. 가장 아름다운 정자라는 명성에 더해 정자의 현판 또한 당대 최고의 명필 한석봉 선생의 글씨라고 하니 더는 할 말을 잊는다.

비 온 뒤의 뙤약볕은 머릿속까지 파고들어 생각마저 무디게 했다. 햇볕을 피해 마당의 큰 느티나무 그늘로 갔다. 느티나무는 군자마을의 상징 나무다. 광산김씨 예안파 600년 세거지가 물속으로 사라지던 날 조상의 문화유산을 보존하기 위해 옮겨온 이삿짐에 끼여 왔던 애기 나무란다.

후손인 김용직 교수가 쓴 '군자리 상징 수, 느티나무에 부쳐'라는 기념식수 글이 심금을 울린다. 후손은 '이 나무는 나무이면서 역사이며 정신이다.'라고 했다. 이 나무의 조상 또한 옛 터전 '외내'에 살았던 느티나무였으니 그곳에 살았던 조상의 상징이 되고도 남는다. 그래서 후손은 말했다. '우리는 그런 옛 분들의 핏줄이며 줄기요 가지며 잎새일 뿐이다.'라고. 그리고 '해와 달, 별자리를 겨냥하는 기상과 슬기를 익히고 다져나가자.'라고 끝을 맺었다.

밀레니엄 나무로 지정된 느티나무는 운명의 나무다. 대다수 오래된 동네 입구에는 수백 년 묵은 정자나무가 있다. 정자나무가 대부분 느티나무인 까닭은 수명이 길고 가지가 사방으로 고루 뻗어 모양이 아름다울 뿐 아니라 그늘을 많이 만들어주기 때문이다. 조상들은 느티나무 아래 앉아 정담을 나누기도 하고, 시가를 읊고 동네일을 도모하기도 했으리라.

느티나무를 쳐다본다. 어린나무를 옮겨 심은 지 채 사십 년이 못 되었건만 깊게 내린 뿌리와 우람한 둥치 모습이 예전 군자마을에 살았던 그 조상의 모습을 떠올리게 한다. 감사를 지낸 아버지와 의병대장 아들을 넘어 평생 벼슬을 사양하고 고향을 지킨 후조당을 대표적 인물로 삼은 사실은 학문과 인품을 우선하는 정신적 잣대를 가늠하게 한다.

입향조入鄉祖로부터 수몰 이전의 후손에 이르기까지 육백여 년에 걸친 역사가 담긴 유물이 수몰의 위기에서 다시 세상에 태어났다. 조상의 삶이 기록된 고문서를 비롯한 이천여 점의 유물이 발견되었다는 사실은 그 뿌리가 얼마나 튼실하고 깊게 내렸는지 실감케 한다.

그 중 탁청정 주인이 지은 『수운잡방需雲雜方』이라는 한식 조리서가 있다는 이야기를 듣고 한 번 더 놀랐다. 남자는 음식조리와 거리가 먼 줄만 알았던 시절에 선비가 조리책을 썼다는 사실은 나의 유교 문화에 대한 고정관념을 허물게 했다. 오백여 년 전의 조리서는 안동 지방 음식 문화의 표본이 되었고, 오늘날 세계화하는 한식의 사전辭典이 되고 있다고 한다. 문득 알싸한 안동식혜가 생각난다.

나에게는 상실의 아픈 상처가 남아 있다. 반세기도 전에 사라호태풍이라는 미증유의 재난이 유년의 고향집을 앗아간 후로, 나는 고향을 잃어버린 사람만큼 고향에 대한 연민을 품고 살아왔다. 세 칸 나지막한 초가지만 그 속에는 유년의 꿈과 숱한 전설이 살아 있었다. 부모님이 그리 멀지 않은 선

영 가까운 곳에 다시 집을 지어 살게 되었지만, 학업을 위해 도시로 떠나는 바람에 새집은 더는 고향의 정을 전해주지 못했다. 눈만 뜨면 동무들과 몰려다니던 고샅길도 아련해졌고, 비 온 뒤에 피라미 잡던 개울도 추억 속으로 사라졌다. 사람도 산천도 생소하니 머물고 싶은 마음이 생기지 않았다. 오래됨과 익숙함은 새로움과는 다른 높은 가치를 지닌다.

사람의 도리를 저버린 이를 욕할 때 '참 못됐다.'고 한다. 처신이 바른 이를 두고는 '사람이 됐다.'라는 말을 한다. 사람이 되면 '~ 답다.'라는 말을 듣는다. 사람다운 삶을 살아간 군자마을에서 눈을 감고 나 자신과 주변은 어떠했는지 상념에 잠긴다. 인생의 석양을 맞았건만 자손답지도, 사람답지도 못했다는 회한이 몰려온다. 때늦었지만, 오늘은 군자처럼 살다 간 옛사람의 유산을 통해 사람다운 삶의 향기를 듬뿍 담아가는 기쁨을 누렸다.

정월 보름밤

엊그제가 새해 첫날인가 싶었는데 벌써 설을 쇠고 대보름을 맞았다. 텔레비전에서 흐린 날씨 탓에 보름달을 볼 수 없다는 뉴스를 전하고 있다. 새해를 맞아 좋은 소식이 많았으면 하는 기대와 달리 뉴스 대부분은 서민들의 팍팍해진 삶 이야기와 재벌가에서 운영하는 백화점 빵집 이야기, 대형 유통 업체에 대한 소상인들의 저항 소식으로 채워졌다. 아흔아홉 석 가진 부자가 가난한 자의 한 석을 탐낸다는 옛말이 새삼스럽다.

달빛 없는 정월 보름밤이 허전한 탓인지 달과 관련된 민속 속담이 생각난다. '대보름날 개에게 밥 주는 계집'이란 속담이 있다. 손해날 짓을 하는 사람을 두고 빗대어 하는 말인 듯 싶다. 우리나라 세시풍속에 정월 대보름날에는 개에게 밥을 주지 않고 종일 굶기는 풍속이 있었다. 예로부터 우리 선조는 개기월식으로 하늘에 달이 사라지면 개가 먹어 치웠다고 개에게 탓을 돌렸다. 뜨는 달만 보면 무조건 짖어대는 것이 개의 속성이니 달과는 상극인 모양이다. 보름날 저녁에는 동네 개가 합창 공연이라도 하는 듯 온 동네가 소란스러워진다.

음양설에서 해는 양기를 주지만, 달은 음기를 준다고 한다. 음기는 여인의 몫이다. 정초에 집안에만 있던 여인들이 정월 대보름날에는 밖으로 나가 놋다리밟기나 직성풀이 놀이를 하면서 달의 정기를 받아들인다. 달을 쳐다보면서 심호흡으로 정기를 흡입함으로써 기를 보강하는 관습도 있었다고 한다. 특히 정월 대보름달의 정기는 효험이 커서 여성의 기력을 돋구어주어 아이를 잘 낳게 해준다고 믿어왔다. 이토록 신성한 달을 잡아먹는 개에게 밥을 주는 여인은 자신에게 엄청난 손해날 짓을 하는 셈이다. 속담이라지만 빵집 경영하는 재벌 2세 여인이 스스로 재벌 개혁의 빌미가 되고 있는 현실과 통하는 듯하여 씁쓰레하다.

보름달이 중천에 떠오르면 아이들은 약속이나 한 듯 마을 뒷산으로 모여든다. 깡통에 구멍을 뚫고 끈을 달면 훌륭한 쥐불놀이 기구가 된다. 산기슭에 불을 피워놓고 둘러서서 재미볼 궁리를 한다. 수숫대로 몸을 감싸고 얼굴에 검정을 바르면 어느새 홍길동의 산채 속 군사라도 된 기분이다. 깡통에 불씨를 넣고 빙빙 돌리면 온 산은 불꽃 천지가 된다. 불장난에 빠지다 보면 어느새 밤은 이슥해지고 뱃속에서는 꼬르륵 소리가 난다. 시장기를 느낀 아이들은 마을로 내려가 골목을 돌며 지신밟기를 한다.

박바가지를 들고 부잣집 대문을 두드리면서 "밥 좀 주소"를 외쳐 대면 주인집 딸이 나오다가 기겁을 하고 달아나면서 도둑이 왔다고 소리친다. 평소에 마음에 두고 가까워지려 해도 눈길도 주지 않던 여자아이가 혼비백산하는 모습을 보면 통쾌함과 안쓰러움이 번갈아든다. 놀란 소리를 들은 안주인이 기다렸다는 듯이 찰밥과 주전부리 거리를 넉넉하게 담아낸다. 이날만큼은 아낌없이 나누어 줌으로써 한 해의 복을 돌려받는다는 믿음이 있었다. 여러 집에서 얻은 찰밥을 들고 골목대장네 문간방에 모여서 나누어 먹으면 각기 다른 찰밥 맛이 기가 막힌다. 또래 여자아이들도 골려 주고 배부르게 먹을 수 있으니 아이들에게는 수지맞는 놀이었다.

가난했지만 명절 때나 집안 행사가 있으면 이웃과 음식을 나누던 시절이 훨씬 좋았다는 생각이 머릿속을 맴돈다. 인정이 메말라 가는 현실이 군중 속 외로움을 더 한다는 생각이 드는 건 나이가 드는 탓만도 아닌 듯하다. 세상이 풍요로워지고 살기가 편해졌다지만 자꾸 허기지고 갈증이 심해지는데 채우기가 쉽지 않다. 허기를 매울 거리는 많아졌으나 정신을 채워줄 거리는 줄어들었다. 정신의 양식을 찾아 오늘도 발길을 성당으로 향한다.

새해 첫날 신부님 강론 중의 새날 이야기가 생각난다. 옛날 인도의 한 성현이 제자들을 불러 모아 놓고 한 가지 질문을 했다. "너희들은 언제 새날이 밝아 온다고 생각하느냐?" "그 거야 해가 뜨면 새날이 밝아 오는 것이 아닙니까?" "동이 터 오면 새날이 아닙니까?" 등등 대답했으나, 스승은 고개를 가로저었다. 그리고 이렇게 입을 열었다. "너희가 문을 열고 지나가는 사람을 바라볼 때 그들이 형제로 보이면 바로 새날이 밝아 오는 것이다." 세상이 아무리 변하여도 결국 나 아닌 네가 있어야 새해가 오고 새날이 온다는 이야기다.

정월 보름달에는 추억이 배어 있고 그리움이 녹아있다. 올해 정월 보름에는 밝게 비치는 달을 보지 못해 아쉬웠지만 달은 구름 속에 숨어서 추억보다 의미 깊은 메시지를 전해주고 있다. 보름달이 자신을 비워가는 모습은 자연의 이치이건만 사람은 채우기에만 안달한다. 자연의 이치에 순응하라는 보름달 메시지가 잠을 설치게 하는 대보름밤이다.

밤은 어두워야

열대야가 이어진다. 새벽이 가까워져 오는데도 방안의 후덥지근한 공기는 잠을 이룰 수 없게 한다. 뒤척이다 일어나 거실에 나가도 마찬가지다. 빛이 무서워서 전등을 켜지 않고 서성대다 문득 고향 집 마당을 떠올린다.

어린 시절 고향 집에는 전기가 들어오지 않았다. 여름날 밤이 이슥해지면 마당에는 타다 남은 모깃불에서 피어나는 실오라기 같은 연기만 보일 듯 말 듯했다. 하늘에 별이 없는 날은 사방천지가 어둠 속으로 빠져들었다. 밤이 무섭기도 하고 신비하기도 했다.

그런 밤이 그리워서 돗자리를 찾아들고 옥상으로 갔다. 바람은 없는데도 무언가 흔들림이 느껴졌다. 성암산의 서늘한 공기가 내려오는가 싶었다. 하늘을 쳐다보니 달은 보이지 않고 별이 희미하게나마 드문드문 보였다. 옥상은 생각했던 것보다 시원했고 낮에 달구어진 바닥도 많이 식어 있었다. 고향집만큼은 못해도 아쉬운 대로 더위를 피하기에는 부족함이 없었다.

세상 만물이 만들어지고 가장 마지막에 창조되었다는 인간은 빛과 어둠의 시간, 낮과 밤이 오가는 사이에 살아가는 존재다. 그럼에도 오늘을 살아가는 우리는 밤을 잃어버린 채 살고 있다. 인간이 전기를 발명하고부터 도시에는 어둠이 사라졌다. 길거리를 밝히는 수많은 가로등과 자동차 불빛, 건물마다 빼곡하게 붙어 있는 간판이 대낮을 방불케 한다. 거기다 휘황찬란한 네온사인까지 가세하여 밤을 혼란 속으로 빠트리고 있다.

농촌도 마찬가지다. 가로등 때문에 도로가의 곡식이 열매를 맺지 못하고 축사는 밤이 낮보다 밝다. 자연의 순리를 거스르는 현상이 곳곳에서 벌어지고 있다. 밤은 휴식의 시간이다. 밤에 활동이 왕성해지는 야행성 동물도 있기는 하지만 낮에 활동하고 밤에 잠을 자는 인간에게는 밤을 통한 휴식이 절대적이다. 단순히 낮과 반대 개념의 밤이 아니다. 밤은 어두워야 한다. 또 침묵의 시간이어야 한다.

젊은 시절 나는 병을 달고 살았다. 한때, 야간에 공부하느라 직장 일을 마치고 저녁 늦은 시간까지 책을 손에 든 적이 있었다. 강의를 듣고 자정 가까운 시간이 되어서야 귀가해서 밥 한 술을 물에 말아서 억지로 넘겼다. 쏟아지는 졸음을 참으면서 책을 읽다 밤늦어서야 잠을 청하면 그때는 잠이 오지 않았다. 소화 불량에다 온갖 번민과 근심이 밤을 앗아갔다.

그런 생활로 말미암아 얻은 것보다 잃은 것이 많았다. 머리카락이 빠지기 시작하더니 급기야는 대머리라는 반갑지 않은 이름을 달게 되었다. 그러면서도 원인을 찾지 못하고 약만 사먹는 미련한 짓을 했다. 목에 피가 올라오고서야 병원을 찾았다. 의사는 무조건 쉬지 않으면 생명을 잃을 수도 있다고 했다. 모든 것이 허사로 돌아갔다. 육신의 병에 마음의 병까지 생겼기에 밤이 되어도 잠을 이루지 못했다. 불빛이 싫어져서 어둠 속으로만 파고들었다.

그때 밤마다 환청에 시달려야 했다. '너는 무엇을 위해 사느냐. 왜 비루먹은 강아지처럼 머리털은 다 빠졌고 가슴앓이까지 하느냐. 친구들은 윤기로 반들거리고 싱그럽기까지 한데 너는 어찌 청춘에 애늙은이가 되었나?' 그렇다. 감당도 못하는 욕망 때문에 밤을 잃은 탓이다.

밤을 되찾아야 했다. 어둠의 밤이어야 했다. 그래야만 달빛이 밝고 별이 빛난다. 침묵의 밤이어야 했다. 그래야만 귀뚜라미 소리를 들을 수 있고 내면의 소리도 들을 수 있다. 그런 밤이어야 단잠을 자고 휴식할 수 있기 때문이다. 목숨을 이

어가기 위해서 내 모든 욕망을 접고라도 그런 밤을 찾아 나서
야 하지 않았던가.

　밤은 회복되어야 한다. 닭이 새벽에 우는 까닭은 잠에 빠진
삼라만상을 깨우기 위해 조물주가 정해 놓은 거룩한 이치일
지 모른다. 어둠과 침묵 속에 잠들지 않은 밤은 밤이 아니다.

4부

엄마표 김치

지난해 가을 묻어준 김칫독 안의 잘 익은 김치는 식구들이 '엄마표 김치' 라면서 하루라도 빠지면 큰일난다고 하였다. 얼마나 엄마가 그리웠으면 엄마표라는 이름이 생겨났을까. 김칫독에는 서른 명 장애인의 엄마를 향한 그리움도 배어 있는 듯싶어 가슴이 찡해졌다.

청매원의 현호색

욕망의 그림자

"니! 창이 맞지. 와이래 변했노?"

서울 사는 중학교 동창 모임에 참석했다가 졸업 후 처음 만난 친구한테 들은 말이다. 한창 물이 올라 하루가 다르게 성장하던 푸른 계절을 뒤로한 채 반세기 세월이 흘렀으니 알아보기 쉽지 않았을 거라는 생각은 들었다. 정수리에 머리숱이 거의 없는 데다 서리까지 내렸으니 오랜만에 보는 친구의 눈에는 흘러간 세월의 흔적만 보였을 게다. 당연한 말인데도 그 말은 충격이었다. 대범한 척 웃음으로 응답했지만 내려오는 기차간에서 친구의 그 말은 못이 되어 단단히 머릿속에 박혀있었다.

거울에 비친 내 모습을 몇번이나 다시 보았지만 젊은 날의 모습은 어디에도 없었다. 오랜만에 만나는 친구들이 늙어가고 있다는 생각을 한 적 있어도 중늙은이의 모습이 내 모습이라는 사실은 쉽게 인정하기 어려웠다. 얼마나 큰 착각 속에서 살아왔던가. 도저히 잊어버릴 수 없는 충격이었지만 시간이 지나자 언제 그런 말을 들었는지 기억 속에서 사라졌다. 시간은 망각이라는 선물을 동반한다. 사람이 슬프거나 괴로운 일을 잊어버리지 못한다면 삶은 아마도 지속되지 못할 것이다.

딸아이 결혼식을 하루 앞둔 날이었다. 새 양복을 챙기고 구두도 빤짝빤짝 광택 나게 닦아 놓았다. 하지만 한 가지가 남았다. 한 달 전부터 가발을 맞추라는 가족들의 의견을 저버린 것이 문제였다. 얼마 남지 않은 머리숱이지만 염색이라도 할 것인지 말 것인지 결정해야 할 순간이다.

나는 여태 한 번도 머리 염색을 해 본 적이 없다. 퇴직한 후로는 공적인 모임에 나갈 일도 별로 없었거니와 인위적으로 내 꼴을 포장한다는 사실이 별로 달갑지 않았다. 어쩌다 동창모임에 나가면 가깝게 지내는 동창생으로부터 요즘 가발이 잘 나오니 착용해 보는 게 어떠냐는 충고도 들었지만, 그건 더 내키지 않았다. 아집을 용기로 착각하면서 살아온, 시대를 거스르는 고루함의 화신이지만 생긴 게 그랬다. 하지만 이번에는 달랐다. 나 자신보다 딸을 위해서 염색을 해야 한다는 게 가족의 뜻이다.

염색을 하기 위해 평소 다니던 목욕탕에 갔다. 목욕탕 한쪽 외진 곳에 있는 간이 이발소에서 염색약을 발랐다. 머리숱이 적은 만큼 염색 비를 깎자고 했더니 이발사는 신경을 많이 써야 하니 오히려 더 받아야 되겠단다. 염색하고 집에 오니 식구들이 모두 좋아했다.

젊어졌다는 착각 속에 하루가 지나갔다. 하지만 십 년은 젊어 보인다는 말에 도취된 건 하루뿐이었다. 머리카락색이 너무 까맣게 보여 염색한 표가 난다는 말도 한몫했지만, 염색약이 눈에 들어가면 시력장애를 일으킬 수 있다는 아들 말을 듣고는 그날 이후 다시 염색하지 않았다. 아무리 고치고 칠하더라도 이제 더는 나의 욕망을 채워줄 상대의 흥미를 끌지 못할 것임을 알았기 때문이다.

얼마 전 난생 두 번째 머리 염색을 했다. 지난번에는 딸을 위해서였지만 이번은 자신을 위해서다. 엄밀히 이야기하자면 나를 만나는 모든 사람을 위해서라는 말이 맞을성싶다. 인생에 가을이 오면 낙엽 지듯이 육신은 물기 빠져나간 흔적이 늘어만 가는데 욕망은 변함이 없으니, 그래서 사람들은 나이듦을 희화하려고 발버둥치는 지도 모른다.

상대에 대한 욕망을 내면에 감추어 두고 나이에 걸맞은 모습으로 살면 된다는 생각은 틀린 듯하다. 늙음은 욕망의 대상에서 멀어지게 할 뿐 아니라 아예 피해가게 한다는 두려움을 안겨주기 때문이다.

이성복 시인은 가르시아 로르카의 「여름의 마드리갈」이라는 열정의 시를 읽고 「지금은 생이 나를 피해 가는 시절」이라는 시를 썼다고 한다. 시의 마지막 구절 '마주 오던 나를 보고 골목으로 피해 가던 중학교 때 친구처럼, 지금은 묵묵히 생이 나를 피해 가는 시절'은 얼마나 늙음을 두려워 한 말인가.

이번에는 염색하러 동네 미장원에 갔다. 한 번도 미장원에 가 본 적이 없었지만, 여성 특유의 미적 감각이 있고 머리도 뒤로 젖혀서 씻어주기 때문에 염색약이 눈에 들어갈 염려가 없다는 아내의 말에 솔깃했다. 과연 미장원의 풍경은 대중목욕탕 한쪽에 있는 간이 이발소보다 생기발랄하고 젊은 향기가 넘쳤다. 하지만 옆에서 힐끔힐끔 쳐다보는 중년 여성 손님의 눈길이 세월을 돌리려는 중늙은이의 허욕을 측은하게 보는 듯 느껴져 빨리 그 장소를 벗어나고 싶었다. 익숙하지 못한 환경에 대한 쑥스러움을 참고 반 시간여를 투자한 효과는 만족스러웠다.

욕망은 쉽게 이루어지지 않았다. 옻이 올랐다. 머리에 붉은 물집이 생기고 가려워 견디기 어려웠다. 바늘로 찌르는 듯한 자극을 참지 못하고 긁어대니 피부가 짓물러지고 진물이 흘러내렸다. 내 욕망의 대가는 혹독했다.

잠 못 이루는 밤, 스스로 불러들인 고통이 지난 삶을 반추

하게 한다. 초등학생 시절 옻잎을 손바닥으로 비벼 친구를 겁주었던 장난 짓이 부끄러운 기억으로 떠오른다. 그때부터 나는 옻을 타지 않는다고 믿어왔는데 황당한 일이 생긴 것이다. 몇 년 젊어 보이기 위한 욕망은 고통만 안긴 채 온 몸에 옻잎 수繡만 남겨 놓았다.

세월 탓에 생겨나는 자연적인 현상을 부정하기에는 인간은 너무 무기력하다는 사실을 절감했다. 늙음을 젊음으로 환치하려는 시도는 일종의 기만행위일지도 모른다. 순간의 일탈이 참으로 남을 배려하는 선의였는지, 내면의 욕망을 채우기 위함이었는지 마음의 경계가 분명치 않았다.

세월을 되돌려보려던 한 편 희극은 욕망의 그림자만 남긴 채 막을 내렸다.

디지털에서 탈출하다

휴대 전화기가 먹통이 되었다.

지난여름 어느 날이었다. 지하철에서 내려 밖으로 나오니 비가 내리고 있었다. 주머니에서 전화기를 끄집어내어 집에 전화하니 통화 중이었다. 이참에 비 오는 날의 낭만을 즐겨보자는 생각이 들었다. 전화기를 손에 들고 걷다 보니 집 앞에 이르렀다. 대문 앞에 서서 초인종을 누르는데 몸에서 물이 뚝뚝 떨어진다. 전화기를 쥐고 있는 왼손에도 빗물이 홍건하다. 옷을 갈아입고 전화기의 물기를 닦는다.

아뿔싸! 전화기에 물이 스며들었다. 통화가 되는지 시험을 해보니 신호가 가지 않았다. 헤어드라이어로 습기를 제거하는 등 애를 써보았지만 허사였다. 며칠을 끙끙거리다 서비스 센터에 가져갔으나 방법이 없다는 대답만 들었다.

단절이었다. 휴대전화기가 불통하니 다른 사람과 단절되고 마치 무인도에 홀로 남은 기분이 들었다. 처음엔 좀 답답했지만, 하루 이틀 지나니 세속을 떠나 휴가를 온 기분이 되었다. 여름휴가 하는 셈 치고 잠시라도 세속을 잊어 보기로 했다. 한동안 여유가 생기고 평온한 시간이 이어졌다.

뉴욕대학교 미디어 생태학 박사로서 작가 겸 저널리스트인 수잔 모샤트는 매우 흥미 있는 실험을 한다. 호주 남서부 연안 외딴 마을인 그레이스 타운에서 자신의 세 자녀와 함께 여섯 달 동안 전자매체의 전원을 끈 채 살아 보는 실험을 했다. 컴퓨터, 텔레비전은 물론 스마트폰이나 게임기 같은 디지털 문명의 이기를 치워버리고 살았다. 실험 초기에 아이들은 큰 충격을 받고 우왕좌왕하는 혼란을 겪었지만, 시간이 지나자 야외에서 운동을 즐기고 책 읽는 횟수도 늘어났다. 그뿐만 아니라 악기 연주를 하거나 요리를 하는 등 각자의 재능을 발휘하기도 했다. 수잔은 실험으로 가족 간의 대화를 통해 일치감을 느끼고 정이 깊어지게 되어 가족 본연의 모습을 회복하게 되었다고 했다.

수잔 모샤트는 실험 이야기를 『로그아웃에 도전한 우리의 겨울』이라는 책으로 펴냈다. 그 책에는 약 백년 전, E.M.포스터가 『하워즈 엔드』라는 베스트셀러 소설에서 '오직 연결하라.'라고 촉구했다는 내용이 있다. 그가 백년 전에 오늘날의 디지털 문화를 예상했는지 모르지만, 전화기 문화가 정착되지 못했고 무선 전신이 중요한 연결 수단이었던 시절의 연결 의미와 오늘날의 연결 의미는 다르다는 생각이 든다.

아침에 눈을 뜨면 디지털 시계의 깜빡이는 숫자를 통해 시간을 알고, 습관적으로 텔레비전을 켜서 원하는 프로그램을 본다. 전기가 내는 소리에 사방을 둘러보다 전날 저녁에 끄지 않은 컴퓨터가 혼자 돌아가고 있음을 알게 되는 때가 잦다. 컴퓨터 앞에 앉아 메일을 열어보고 여기저기를 헤집고 다닌다. 그새 탁자 위에 둔 휴대전화기에서 메시지 수신음이 울린다. 메시지 확인을 하고 나면 새롭게 시작되는 일과에 변수가 생기는 경우도 많다.

일주일이라는 시간은 꽤 길었다. 차츰 세속의 일이 궁금해지기 시작했다. 멀리 있는 친구로부터 모처럼 얼굴 한번 보자는 연락도 올 것 같고, 옛 여인이 수필지에 써낸 글을 보고 당장 보고 싶다는 전화를 걸어올 듯싶기도 했다. 결국, 스마트폰을 사지 않을 수 없었다. 휴가가 끝난 것이다.

못쓰게 된 구식 전화기는 통화 기능만 망가진 게 아니었다. 저장된 모든 정보를 복원할 수 없게 되었다. 상대방에게서 걸려오는 전화만 받을 수 있을 뿐, 통화하고 싶은 사람에게 전화 거는 일은 불가능 했다.

주말을 이용해 친구와 산행을 하기로 약속한 날이었다. 약속 시각에 맞추기 위해 산행 준비를 하고 집을 나서려는데 전화기가 울린다. 며칠 전에 다녀간 가게 손님이 오늘 그 물건을 사러 가도 되느냐는 전화다. 꽤 고가품이기도 하지만 주말밖에 시간이 나지 않는다고 하니 어쩔 도리가 없다. 손님께 오시라고 해놓고 친구에게 양해를 구하려니 전화번호를 모른다. 이리저리 알아보려 해도 다른 친구 번호도 모르기는 마찬가지다.

약속시각을 30분 정도 지나니 전화기가 요란을 떤다. 친구 목소리였다. 친구는 "어디쯤이냐, 늦겠다고 전화 좀 하면 안되느냐?"라고 다그친다. 자초지종을 설명하고 다음에 어떤 벌도 달게 받겠다는 약속을 수차례 되새기고서야 겨우 양해를 얻었다. 그날 물건 판 이익금의 반은 친구 위로금으로 꼼짝없이 써야 했다. 걸려오는 전화번호의 주인공을 통해 잃어버린 네트워크를 복원하느라 한동안 골몰했다. 하필 전화기 없는 사이에 생긴 일 때문에 나중에서야 구차하게 변명을 한 일도 있었고, 아직도 전화번호를 몰라서 처리하지 못한 일도 남아 있다.

생각할수록 아이러니를 느낀다. 자동차나 세탁기는 물론 수많은 문명의 이기가 생겨나는 만큼 인간 생활은 삭막하고 재미없어진다. 과학의 발달은 편리함만 추구하는 인간에게 서로의 연결을 단절하는 대가를 치르도록 강요한다. 디지털 매체가 발달하는 만큼 연결 범위는 넓어지지만, 인정의 바다는 메말라가고 근본적인 외로움은 치유되지 않는다. 연결이 오히려 한 개인을 섬에 가두고 우울한 고독을 안겨주지는 않는지 고민해볼 일이다.

문명의 이기로부터 독립하고 싶다. 인간과의 연결보다는 자연과의 연결이 고독의 섬에서 살아남는 길이라는 생각을 하는 자연인이 늘어나고 있다. 계절 탓인가. 외로움 타는 초로의 한 나그네가 디지털 문화로부터 탈출을 꿈꾼다.

비엠더불유가 좋다

바람이 서늘해지면서 출근 길을 걸어서 다닌다. 그리 먼 거리가 아닌데다 길옆 풍경을 즐길 수 있고, 무엇보다 생각에 잠기는 여유가 있기 때문이다. 천천히 걷노라면 길가의 꽃과 나무가 말을 걸어오고 한 줄기 바람이 코끝을 간질이기도 한다. 여름내 많은 비를 내리고 새털처럼 가벼워진 흰 구름은 파란 하늘에 만물상을 연출하며 가을을 맞아들인다. 여유를 즐기는 사이 속단 때문에 난처했던 지난 일이 떠올라서 절로 웃음이 나왔다.

몇 해 전 서울에 사는 중학교 동창 모임에 참석했다. 작은 시골 중학교였기에 졸업생은 겨우 예순 명 남짓했다. 그중에서 스무 명 가까이 서울에 살고 있으니 과연 수도 서울의 거식증이 얼마나 심각한지 짐작이 가고도 남았다. 졸업 후에 처음 만나는 동기생도 여럿이어서 반가움에 앞서 어색함 같은 긴장도 느껴졌다. "잔부터 받아라!" 성질 급한 친구가 자리에 앉자마자 소주잔부터 내민다. 분위기를 잡는 데는 그게 제일 나은 방법임을 이미 모두가 동의했다는 표정들이다. 따뜻한 공기가 돌고 긴장이 풀리는 순간, "잠시만! 너들 뭐 타고 왔노?" 목사 동기생이 단번에 방 안 온도를 바꾸어 놓는다.

"비엠더불유!" "나도!" "나도!" 모두가 '비엠더불유'를 외친다. 목사라는 직업의식이 발동되어 예방주사를 놓는 줄은 짐작되었지만 참 이상하다는 생각이 들었다. 성공한 친구가 많다는 이야기는 들었어도 모두가 같은 차를 탄다는 사실이 도무지 믿어지질 않았다. 궁금증에 시기심마저 보태져서 야릇한 기분이 들었다. 단체로 차를 사지는 않았을 텐데, 물어보자니 촌놈의 궁색한 티를 내는 듯해서 입이 열리지 않았다.

몇 순배 술잔이 돌고 취흥이 오르는 사이 야릇했던 기분은 누그러졌지만 즐거워야 할 모임 자리가 바늘방석이었다. 그렇게 모임은 저무는 한 해를 뒤로한 채 끝을 맺었다. 헤어지는 순간이 오자 나의 어쭙잖은 궁금증은 '비엠더불유'는 버스와 지하철, 걷다의 영문 첫 글자를 합성한 유행어라는 목사 친구의 설명을 듣고 말끔히 풀리게 되었다. 유행어도 모르는 나의 섣부른 속단이 한동안 마음을 어지럽게 한 것이었다.

항공회사 마일리지 적립을 위해 중앙로 근처에 있는 K 항

공사 지점에 다녀오기로 하고 집을 나섰다. 한 마장도 못 되는 거리에 버스 정거장이 있어 매우 편리하다. 버스에 오르니 고등학생들이 자리를 차지하고 있었고 몇 명은 선 채로 왁자지껄하게 떠들고 있었다. 운전석 뒷자리에는 얼굴에 핏기 없는 한 청년이 무표정한 모습으로 앉아 있었다. 바로 뒷자리에는 오십 대 초반쯤 되어 보이는 아주머니 한 분도 편하지 않은 모습으로 앉아 있는데, 얼굴에는 어두운 그림자가 느껴졌다.

다음 정거장에 버스가 멈춰 섰다. 내리는 이는 없고 등산복 차림의 오십 대 중반쯤 보이는 남자 서너 명이 탔다. 일행이 다가올수록 마늘 냄새가 뒤섞인 역한 냄새를 번갈아 풍겼다.

"요즘 젊은 것들은 어른도 몰라봐."

갑자기 등산객 한 사람이 버럭 소리를 질렀다. 이어서 버스 안을 두리번거리던 다른 등산객이 운전석 뒷자리에 앉아있는 청년을 향해 소리쳤다.

"젊은 것들이 문제라니까. 학교에서는 뭘 가르치는지 모르겠단 말이야."

버스 안은 잠시 불안한 정적이 흘렀고 청년은 머리를 숙인 채 아예 눈을 감고 말았다. 그런 와중에도 버스는 출발하였고 다음 정거장이 성삼병원 앞이라는 안내 방송이 흘러나왔다. 그때 청년은 겨우 자리에서 일어나 내릴 채비를 하였고 뒷자리의 아주머니도 함께 일어섰다. 아주머니가 청년의 한쪽 팔을 부축하자 청년은 그 아주머니에게 의지하여 힘겹게 걸음을 떼었다. 그 아주머니는 청년의 어머니인 듯했다. 청년은 어디가 몹시 아파서 병원에 가는 길임이 틀림없어 보였다. 두 사람 등산객의 가벼운 처신이 그들이 풍긴 냄새에 더해져서 아픈 청년과 그 여인의 마음까지 얼마나 더 쓰리게 하였을까? 나도 지하철로 갈아타기 위해 버스에서 내렸다.

지하철역을 나와서 몇 발자국 안 갔는데 항공회사가 들어 있는 건물에 이르렀다.

"손님! 차는 어떻게 하였습니까?"

항공사 사무실에 들어서니 여직원이 자동차 주차 걱정부터 한다. 수년 전에 중앙로에 실개천을 만들고 대중교통 전용로로 삼았기에 주변도로의 불법 주차단속이 심한 까닭이었으리라.

"나는 비엠더불유를 이용하니까 괜찮아요."

동기회 때 기억을 되살려 비엠더불유를 써먹었다.

"네! 그럼 기사 분이 다 알아서 하겠네요."

"그런 게 아니고……."

"괜찮아요. 요즘은 수입 차 많이 타시는데 뭘요!"

그리 더운 날씨도 아닌데 왜 그렇게 얼굴이 화끈거리고 땀이 나는지 주체하기가 어려웠다. 생 땀 흘리는 모습을 보고 여직원이 얼른 생수 한 컵을 가져다준다. 찬물 한 컵을 단숨에 들이켜고 마음을 진정시킨 다음 진실 고백을 시도하였다.

"그게 차가 아니고 ……."

"에이! 아니긴요. 국산 차가 아니지요."

어쩔 수 없어서 그냥 넘어갔지만 불편한 순간이 영원처럼 느껴졌다.

환승 제도가 시행되고부터 버스와 지하철 이용이 편리해진 덕분에 덩달아 걷는 경우도 늘었다. 가을걷이를 기다리는 들판과 가깝게 다가선 가을산을 바라보면서 천천히 걸어가노라니 자동차 한 대가 비명을 지르면서 바람을 일으킨다. 과속이 사고의 원인이 되듯 속단 또한 마음의 상처를 남긴다.

문득 대나무 이야기가 생각난다. 아무리 심한 태풍에도 대나무가 부러지지 않는 이유는 일정한 간격마다 마디를 두고 있기 때문이란다. 상념에 잠겨 걷는 사이 동네 공원이 보인다. 일부러 돌아서 공원의 숲길을 걷는다. 걷노라니 가을바람에 흔들리고 있는 나뭇잎이 놀면서 천천히 가라고 속삭인다.

뜨거운 커피

손수레에 겨우 몸을 의지한 채 다리를 끌면서 폐지 수집하는 할머니 한 분이 새로 나타났다. 그전까지만 해도 이웃에 사는 여든 넘은 할아버지가 동네 폐지를 거의 독점하다시피 했다. 포장 문화의 발달로 폐지가 많이 생기는 만큼 수집 경쟁도 점점 치열해지는 추세였다.

할머니는 비록 늦게 가담하게 되었지만 부지런하고 억척스러워서 금방 터줏대감 할아버지와 견줄 만큼 좋은 성과를 올린다는 소문이 났다. 새벽 미사를 위해 성당에 가는 날은 아무리 추운 겨울 날씨라도 할머니 모습을 볼 수 있었다. 동네의 특별한 존재로 자리매김한 할머니를 마주치는 사람은 불편한 모습 때문에 혹시라도 예기치 못한 사고라도 날까 봐 걱정했다. 할머니에 대해 동네 사람의 궁금증이 날로 커졌지만 누구도 속 시원히 아는 사람이 없었다. 어떤 사람이 물어도 이름이나 사는 곳을 알려주지 않았다. 자식이나 친척은 물론이고 비상 연락처도 모른다는 말뿐이었다.

삼복더위가 아스팔트를 녹이던 어느 날이었다. 할머니는 우리 가게 맞은편 냉면집 입구 그늘에서 더위를 피해 쉬고 있었다. 한참을 냉면집 안을 바라보던 할머니는 입맛을 다시며 일어나 손수레를 끌고 어디론가 가는가 했더니 이내 근처 공원 입구로 다시 왔다. 막걸리 한 병을 사 와서 공원의 의자에 전을 폈다. 점심 요기를 대신하는 게 틀림없어 보였다. 얼른 막걸리 한 병과 빵을 사서 슬며시 옆에 다가갔다. "할머니 빵 좀 드이소." 권하니 "됐다. 아제나 드소." 하신다. "그럼 술한 잔 주이소." 하니 그때야 긴장을 늦추고 술잔을 내밀었다. 막걸리 두 병을 나누어 마시면서 많은 이야기를 나누었으나 신상에 대해서는 묻지 않았다. 그날 이후로 친근해졌고 우리 가게에서 나오는 폐지는 모아두었다가 할머니에게만 드렸다.

며칠 후 나는 냉면집 주인에게 부탁하여 할머께 냉면 한 그릇을 대접하도록 했다. 냉면을 드신 할머니가 주인 이야기를 듣고 찾아와서 "잘 먹긴 했는데 다시는 그러지 마라." 면서 앉아도 되느냐며 눈치를 봤다. 따라 드리는 차를 마시는 동안 지난 삶의 이야기가 봇물처럼 터져 나왔다. 유방암 3기 치료 중이고 다리에는 철심을 박았다고 했다. 하루도 약을 먹지 않으면 견딜 수가 없어서 약값을 벌기 위해 열심히 일하지 않으면 방법이 없다는 것이다. 그러나 사는 곳과 가족 이야기는 끝내 털어놓지 않았다.

작년 가을이었다. 할머니가 검은 비닐봉지 하나를 들고 왔다. 고구마인데 맛이 어떨런가 모르지만, 좌우지간 받으란다. 웬 것이냐고 물으니 몰라도 된다는 말만 남기고 발길을 돌렸다. 할머니의 신상이 점점 더 궁금해졌다. 궁금증은 감출수록 자라나는 속성이 있다. 친해지기 위해 폐지 모으기는 물론 좋아하는 쇠붙이도 보이는 데로 모아 드렸다. 막걸리를 자주 드시는 것이 건강에 좋지 않을 성 싶어 말리니, 그것만은 어쩔 수 없다고 하면서 갈증 해소와 근기가 있어 좋다는 말씀을 여러 번 되뇌었다.

욕실 수리를 했다. 세면기와 샤워기 등을 모두 새것으로 바꾸고 나니 쇠붙이가 제법 많이 나왔다. 재활용되지 않으면 버려야 하는 쓰레기일 뿐이다. 할머니께 드렸더니 무척 좋아하는 모습이 보기에 흐뭇했다. 폐지수집하는 사람이 없는 경우를 생각해보면 오히려 그분들에게 감사해야 할 일이 아닌가. 뒷정리하는데 막걸리를 사 와서 같이 마시자고 했다. 몇 잔을 드시더니 먼저 이야기를 꺼내었다. 비밀이니까 꼭 지켜야 한다는 당부도 빠트리지 않았다. 다른 곳에 사는 사실이 알려지면 폐지수집에 지장이 될까봐 염려하는 눈치였다.

할머니는 슬하에 두 아들과 딸 하나가 있는데 모두 멀리 떨어져 있고, 살기가 어려워서 찾아오지 않는다고 했다. 가끔 딸이 먹거리를 부쳐주는데 고구마도 딸이 보내준 거라 했다. 양복점을 경영하던 영감님이 살아 있을 적까지만 해도 누구 못지않게 편한 생활을 했단다. 다행히 변두리지만 오두막집이 남아 있어서 그곳에서 잠을 자고 새벽 첫 버스를 타고 왔다가 저녁 늦게 돌아간다고 했다. "내 비밀은 아제한테 밖에 안 캤다."라는 말을 남기고 불안한 모습으로 자리를 떴다.

다음 날 점심때, 할머니가 가게 앞에서 손짓했다. 한 손은 손수레를 잡고, 한 손에는 테이크아웃 커피 잔이 들려 있었다. 이웃 커피 전문점에서 일부러 샀단다.

"이거 최고로 맛있는 커피라 카드라. 좋다카만 내중에 또 사주께!"

커피를 마시니 뜨거운 덩어리가 울컥했다. 커피도 뜨겁고 할머니 마음도 뜨거웠다.

엄마표 김치

계절은 봄이라지만 이따금 불어오는 꽃샘바람이 옷깃을 여미게 한다. 우리 레지오(성당의 신도 단체) 단원 여섯 명은 올해 들어 처음으로 '루도비꼬 집'을 찾았다. 매월 첫째 주 토요일 오후에 가기로 되어 있지만, 날이 풀리기를 기다려 이제야 나서게 된 것이다. '루도비꼬 집'은 다섯 명의 수녀님과 봉사 직원 몇 명이 중증 장애 청소년 서른 명과 함께 사는 시설의 이름이다.

몇 해 전 어느 가을날 이었다. 원장 수녀님은 식구들의 영양 보충을 위해 곰국을 끓일 수 있는 큰 무쇠솥을 걸 수 있도록 부뚜막과 굴뚝을 지어 달라는 숙제를 내 주었다. "자매님들은 많이 오지만 형제님들은 좀 귀해요. 그렇다고 이런 어려운 일을 젊은 청년들에게 맡기려니 영 마음이 놓이질 않고

요."하면서 부탁을 하는 바람에 얼떨결에 작업을 하게 되었다. 처음으로 해 보는 일이지만 벽돌을 쌓아 부뚜막을 만들고 연통 재료를 사 와서 굴뚝을 세우고 나니 보기에는 훌륭한 부뚜막의 모습을 갖춘 듯하였다. 그날 일행은 스스로 이루어 낸 성과에 뿌듯함을 느끼는 표정이었다.

다음 방문 날, 도착 즉시 바로 곰국의 산실로 발걸음을 재촉하였지만, 결과는 참담했다. 땀 흘려 만든 굴뚝은 뜨거운 불기운을 이기지 못하고 종이를 구겨놓은 것처럼 쭈그러져 있었다. 일행의 표정은 쭈그러진 굴뚝보다 더 심하게 일그러지고 말았다. 애당초 건재상 주인의 말만 믿고 플라스틱 재질의 관을 연통으로 사용한 것이 잘못이었다. 수녀님들 보기가 창피하기 그지없었다. 서른 명의 식구들에게는 그동안 맛있는 곰국을 생각하면서 침만 삼키게 하였으니, 안타깝기도 하고 미안하다는 생각에 할 말을 잃었다. 그날은 새 연통을 구하지 못해 찜찜한 마음으로 돌아왔다. 나중에 다른 봉사자들이 고쳤다는 얘기를 들었을 때는 다시 가고 싶은 마음이 없을 정도로 단원들은 풀이 죽었다.

그해 가을의 실수 때문에 미안하다는 생각을 하면서 마당에 들어서니 낯선 수녀님이 일행을 반갑게 맞아 주었다. 새로 오신 봉사 담당 수녀님이라는 인사말을 듣고 그때 실수는 모를 거라는 생각을 하면서 얼마나 다행스러웠는지 모른다.

사무실에 들어가니 수녀님이 "아직 날씨가 덜 풀려서 할 일이 별로 없다."라고 하면서도 잘 왔다는 눈치다.

감식초 차를 내오면서 오늘의 과제를 내 준다. 장애 청소년들이 운동하는 체육관 바닥을 닦는 일과 화장실 청소를 도와달라면서 첫 만남이라 조심스러워 했다. 비교적 쉬운 일이지만 육체를 사용하는 일은 늘 땀을 동반했다. 바닥을 쓸고 걸레를 쭉 밀면서 왔다 갔다 하니 어릴 적 교실 청소하던 초등학생으로 돌아간 듯했다. 숙제를 끝내고 나니 온몸이 후끈해져 열기를 느끼면서도 상쾌한 기분이 들었다. 혼자라면 경험할 수 없는 색다른 즐거움이었다.

일을 마친 뒤 일행은 약속이나 한 듯이 그동안 우리의 손길이 미친 흔적들을 확인하고 있었다. 몇 해 전까지만 해도 땅은 넓었지만, 허술한 숙소 건물과 작은 사무실이 전부이고 마당은 울퉁불퉁하여 다니기 불편할 정도였다. 그 후 많은 사람의 정성과 노력이 있었기에 건물도 여러 채 지어졌고, 보기 좋게 잘 가꾸어 놓은 정원수들은 봄을 맞아 벌써 초록의 꿈을 이루어 가고 있었다. 마당 가운데 동그랗게 심어 놓은 오죽烏竹은 검은 대와 푸른 잎이 어우러져 곧은 절개를 기품 있게 뽐내고, 금방이라도 터질듯 한 매화 꽃망울은 파란 매실을 꿈꾸면서 희망에 부풀어 있었다.

걱정되었던 부엌도 겨우내 수많은 먹거리를 만들어 내는

산실 역할을 충실히 해 주었다니 다행이었다. 지난해 가을 묻어준 김칫독 안의 잘 익은 김치는 식구들이 '엄마표 김치'라면서 하루라도 빠지면 큰일 난다고 하였다. 얼마나 엄마가 그리웠으면 엄마표라는 이름을 붙였을까. 김칫독에는 서른 명 장애인의 엄마를 향한 그리움도 배어 있는 듯싶어 가슴이 찡해졌다.

간간이 불어오는 봄바람에 땀을 식히며 잔디밭에 앉아 있으니 새싹이 움트는 소리가 들려오는 듯하였다. 잠시 생각에 잠겨 있는데 지난해 떠난 주한 미국대사에 관한 신문 기사 내용이 머리를 스쳐 갔다. 삼십여 년 전 평화 봉사단의 일원으로 우리나라에 와서 영어 교사로 봉사 활동한 것이 주한 대사로 오게된 동기가 되었다고 한다. 꿈과 낭만에 빠져 자신을 가꾸기에 한창 바빴을 젊은 시절에 봉사 활동을 시작한 그분의 용기가 존경스러웠다. 젊은 날의 자신의 흔적을 더듬어 보면서 그 경험을 평생의 일로 승화시켜 가는 모습은 참으로 아름답고 부러웠다.

매화는 아직 채 피지도 않았는데 벌써 꿀벌 한 마리가 꽃을 찾아 원무圓舞를 그리고 있다. 꿀벌은 자신의 양식인 꿀을 그냥 가져가지는 않는다. 꿀을 가져가는 대신, 다음 해에도 다시 꽃을 피울 수 있게 생명을 이어 주고 가지 않는가.

물 한 모금

물통에 빠진 새 한 마리가 위험하다. 가게 앞에 놓아둔 고무함지박의 물을 먹으려다 미끄러진 모양이다. 한참 파닥거리며 안간힘을 쓴 끝에 함지박 가장자리에 올라선 새가 힘차게 창공으로 날아오른다.

뜨거운 여름날이었다. 무심코 밖을 내다보고 있는데 이름 모를 새 한 마리가 날아와 고무함지박에 앉더니 물을 마시고 있었다. 물 한 모금 마시고 하늘 한번 쳐다보는 모습이 귀엽고 앙증맞아 보였다. 물이 가득 차지 않아서 바둥거리면서 물 한 모금 더 마시려다 미끄러져 생명을 잃을 뻔했다. 새가 날아간 뒤에 물을 길어다 넘칠 만큼 가득 채워 놓았다. 얼마 지나지 않아 또 새 한 마리가 날아와 물 한 모금 마시고 하늘 한번 쳐다보기를 반복했다. 아마도 먼저 다녀간 새가 일러주었으리라. 죽을 뻔했어도 물은 마실 수 있다고 말이다. 이번에는 물을 마시고 고개를 갸우뚱거리면서 무어라 지껄여대는 모습이 한층 여유 있어 보였다.

가뭄이 길어지고 불볕더위가 계속되면 하천은 말라붙고 도시는 가마솥이 된다. 녹음을 자랑하던 나무마저 생기를 잃고 어깨를 축 늘어뜨린 채 단비만 기다린다. 콘크리트로 덧씌워진 도시에서 하천이 마르면 새들은 먹을 물 한 방울 구하기가 어렵다는 사실을 미처 몰랐다. 근처 공원에 날아든 새가 목이 말라 물을 찾아 얼마나 헤맸을까. 도시 어디에 새들이 마실 물이 있겠는가. 아무리 생각해도 답을 찾을 수 없었다. 고무함지박에 담긴 물을 마시느라 죽을 고비에 처해 파닥거리던 새가 인간을 얼마나 원망했을지 생각만 해도 애처로웠다.

그날 이후 나는 고무함지박에 물을 가득 채워 놓는 일을 잊지 않았다. 물을 가득 채워 놓으니 혼자 오던 새가 짝을 지어 새끼까지 데려와서 놀다가 간다. 인기척이 나면 날아가긴 해도 아내와 나에게는 경계심을 늦추는 눈치다. 가까이 가도 금방 날아가지 않고 저들끼리 나누던 대화를 멈추지 않는다. 보살펴주려는 마음을 용하게 알아차리는 모습이 영리해 보인다. 공원의 숲이 갈맷빛을 띨수록 새들의 지저귀는 소리도 요란해진다. 흙이 물을 만나 햇빛의 도움으로 키워낸 생명의 향연이 평화롭고 엄숙하게 이어진다.

이글거리는 태양의 위력에 아스팔트마저 흐느적거리던 어느날, 지독하게 목마른 사람을 만났다. 땀에 찌든 남루한 옷차림에 잡화 상품을 양어깨에 주렁주렁 매단 행상 한 사람이 문을 열고 들어섰다. 필요한 물건이 없다면서 손을 내젓는 순간 낯익은 얼굴임을 알고 깜짝 놀랐다.

십수 년 전 동네에서 수세미나 테이프, 고무장갑 같은 소모품을 팔러 다녔던 사람이었다. 머리카락은 산발한 채고, 살이 빠진 얼굴에는 검버섯이 생의 끝자락을 알리는 전령처럼 자리잡았다. 솔직히 말해 가까이하기조차 내키지 않았다. 차를 마시고 있던 손님에게 미안한 생각이 들었지만 낯익은 사람을 그냥 보낼 수가 없었다.

이 먼 곳까지 오다니! 자리에 앉으라고 권하니 기다렸다는 듯이 의자에 앉았다. 찻잔을 내미니 연거푸 서너 잔을 급하게 들이켰다. 손님이 다식 접시를 그의 앞으로 밀어주니 머뭇거리며 내 눈치를 살폈다. 내가 고개를 끄덕이자 그는 눈 깜짝할 사이에 접시를 비웠다. 물 한 모금과 다식 몇 개로 허기를 면했는지 이내 일어나서 끝없는 고난의 길을 떠났다.

그 후에도 몇 번인가 와서 물과 간단한 요깃거리로 허기를 달래고 갔는데, 언제나 말이 없었다. 주로 해가 있을 때 다녔지만 어떤 때는 땅거미가 지고난 저녁에 온 적도 있었다. 찻물을 더 달라고 잔을 내밀긴 했어도 다식에는 손을 대지 않고 쳐다만 보았다. 말없이 쳐다보는 눈빛에서 나는 형언할 수 없는 고뇌의 그림자를 보는 기분이었다. 말 대신 고개를 끄덕일 수밖에 달리 도리가 없었다.

작은 구멍가게라도 자기 가게 하나 갖는 것이 소원이라던 그의 꿈이 생전에 이루어지기는 어려워 보였다. 그래도 노숙자로 전락하지 않고 열심히 살아가는 모습이 다행스럽다는 생각이 든 것도 잠시였다. 오래전에 행상으로 만났던 사람이지만, 소박한 소원을 이루기 위해 숱한 세월 거리를 헤매고 다녔을 생각을 하니 화가 치밀어 올랐다. 부자들의 몫은 커지기만 한다는데, 성실한 삶을 이어가는 그는 무엇 때문에 그토록 허기지고 목마른 길을 걸어야 했을까?

그를 더는 보지 못하게 되면서부터 한동안 나도 그의 허기와 갈증에 전염되었다. 문득 우수에 찬 눈빛이 떠오르면 심한 통증을 느꼈다. 물을 마셔도 목마름은 가시지 않았다. 허기와 목마름을 말하는 자체가 어쩌면 그를 욕되게 하는 일일지도 모른다. 하지만 자꾸만 그렇게 느껴지는 것을 어쩔 수 없었다.

조물주가 정해준 물의 양을 채우지 못해 생명을 잃는 경우는 수없이 많다. 인간의 끝없는 욕심이 비극을 부른 것이다. 과식 때문에 부자 병 환자가 넘쳐나는 세상에 수많은 사람이 굶주림에 허덕이다 생을 마치는 가혹한 현실이 안타깝다.

어처구니

오랜만에 찾은 고향집은 대가족이 북적대던 활기찬 모습은 간데없고 사람의 손길을 기다리다 지쳐서 정적 속에 잠든 듯했다. 마당으로 들어서자 사립문 안쪽 꽃밭이던 곳에 맷돌이 반쯤 흙에 파묻힌 채 흘러간 세월을 원망하고 있었다. 오랫동안 사람의 손길에서 멀어져 있었으니 어처구니가 없어진 건 당연한 일이었다.

뉴스를 접하다 보면 요즘 세상은 참으로 어처구니를 잃어버린 세상이라는 생각이 든다. 1%의 가진 사람에 대한 가난한 사람의 시위가 세계 곳곳에서 요원의 불길처럼 번져 가고 있다. 거대한 금융자본과 소수 대기업의 탐욕에 서민들은 더는 견딜 수가 없는 지경이 되었다.

우리나라에서도 소규모 자영업체에 대한 카드 가맹점 수수

료가 너무 많다고 항의하는 서민들이 광장을 메우고 그들의 아우성은 하늘을 찌르고 있다. 그런 와중에 어느 카드 회사는 남의 이름을 도용해서 가맹점 가입을 시키고 수수료를 몰래 챙겼다는 뉴스가 서민들을 허탈하게 한다. 더욱 분개하게 하는 건 그 일을 저지른 당사자가 그것은 관행이며 홍보를 위해 해준 일이라는 말로 변명을 하는 장면이었다. 최소한의 양심마저 저버린 어처구니없는 일이 무시로 행해지는 세상이 되어버렸다.

재산세 고지서가 나왔다. 수년 전부터 재산세 부과방식이 바뀌어서 일반인은 언뜻 알아볼 수 없을 만큼 복잡해졌다. 제도가 바뀐 뒤에도 마찬가지지만, 관청에서 하는 일이라 믿고 고지서대로 꼬박꼬박 재산세를 냈다. 그런데 우리집 편지함에 잘못 배달된 이웃집 고지서로 인해 우리집 재산세가 너무 많다는 사실을 알게 되었다. 고지서대로 맞겠거니 했지만, 자꾸 찜찜한 생각이 들어서 담당자에게 전화했다. 비슷한 조건인데 이웃집보다 세금이 많이 나온 까닭을 알고 싶다고 했다.

담당 공무원의 설명을 들어 보니 참으로 어처구니가 없었다. 건물 일층의 반은 주택이고 반은 상업용인데 전체가 상업용으로 과세가 되었기 때문이라고 했다. 제도 변경 시에 담당자가 관청에 있는 건축물 대장을 근거로 산정하였고 현장 확인도 하였을 텐데 자기도 이해가 되지 않는다고 했다. 다행히 바로잡아 주겠다는 약속을 듣고 기다려 보기로 했다.

그날 저녁 자정 가까운 시각에 전화가 걸려왔다. 너무 늦은 시각이라 언짢기도 하고 당황스러웠다. 황당하다는 생각을 하면서 퉁명스럽게 받고 말았다. 그러나 죄송하다는 말과 함께 밤늦은 시각에 전화한 이유에 대한 설명을 듣고 나니 나의 깃털 같은 처신이 후회스럽기 그지없었다.

일요일 아침 일찍 담당자로부터 전화가 왔다. 고친 명세서와 새 고지서를 전달하러 집으로 찾아가는 중이라고 했다. 잠시 후 다시 작성한 고지서와 함께 과세방식이 바뀐 이후 5년 치를 취소하고 새로 세금을 매긴 명세서를 받아 보니 많은 노력과 시간이 소요되었음을 짐작하고도 남았다. 고의는 아니지만, 세금을 과다징수했고 불편하게 한 점에 대해 죄송하다는 말로 다시 한번 더 사과했다. 마침 그 관청의 수장은 비리에 연루되어 영어의 몸이 되어 있는 사실이 떠올라 낮은 자리에 있지만, 사명감으로 일하는 그 공직자의 모습과 대비가 되었다.

얼마 전까지만 해도 맷돌은 생활의 소중한 도구였음을 알고 있었지만, 손잡이를 어처구니라고 한다는 사실을 안 것은 그리 오래되지 않았다. 악어는 먹이를 삼킬 때 눈물을 흘린다고 한다. 악어의 눈물로 위선을 행하는 어처구니없는 인간들이 수많은 사람을 힘들게 하고 있는 세상이다. 그래서 진흙 속에서 피는 연꽃은 더 고귀해 보이는 법이다.

맡은 사명을 다하기 위해 휴일도 반납한 채 낮은 자세로 임하는 한 목민관을 통해 잃어버린 어처구니를 되찾은 기분이다.

광호 엄마

광호네가 우리집 이층에 산지도 아홉 해가 지났다. 광호 엄마는 언제나 생글생글 웃는 얼굴이다. 작은 키에 가녀린 몸매로 재바르고 부지런하기로 소문이 났다. 반대로 광호 아빠는 키가 멀대 같이 크고 조금은 어눌해 보이는 데가 있다.

아홉 해 전 우리 부부는 계획에 없던 집을 사게 되었다. 가게를 연 이태 만에 어떤 손님이 탐을 내서 가게집을 시세보다 비싼 값을 치르고 사는 바람에 점포를 비워야 했다. 겨우 닦아 놓은 기반을 잃지 않기 위해서 가까운 곳에 점포를 구해야 하는 상황에 부닥치게 되었다. 아무리 애를 써도 마땅한 곳을 전세로 구할 수 없어서 빚을 내어서 집을 사야 했다.

새 집은 주인이 삼층에 살면서 일층에서 어린이집을 운영했는데 광호가 그 어린이집에 다녔다. 주인은 집을 팔면서 이

층에 광호네가 세 들어올 수 있게 해야 한다고 조건 아닌 조
건을 붙였다. 그때까지 광호네는 레미콘 공장 근처의 반 지
하에서 산다고 했다. 어느 날 광호 엄마가 눈물을 보이며 원
장에게 부탁했다. 어린 것이 어떻게 알았는지 "엄마! 우리도
겨울에 뜨거운 물 나오는 집에 살자."라고 하더란다.

집 계약을 마치고 광호 엄마를 만났다. 도로가에서 과일 행
상을 하는 낯익은 젊은 엄마였다. 유난히 작은 체구에 오갈
적마다 마주치면 상냥하게 인사하던 모습을 단번에 기억할
수 있었다. 자초지종을 들어본 결과 사정이 여의치 않아 난
감한 처지가 되었다. 행상하면서 푼푼이 모은 돈을 광호 아
버지가 보증을 잘못 서서 다 잃어버리고 월세를 산다고 했
다. 그때 나는 억지춘향으로 집을 사는 바람에 은행 융자를
최대한 받고도 집값이 모자라 고심하던 중이었다. 내 코가
석 자라서 광호네 사정을 들어줄 수가 없었다.

광호를 보지 않았어야 했다. 매정한 사람이 되는 것 같아
몇 날을 잠을 이룰 수가 없었다. 엄마를 따라와 배꼽 인사하
던 광호의 초롱초롱한 눈망울이 뇌리를 떠나지 않았다. 젊은
시절, 아이가 어릴 적에 서울로 전근 발령을 받았다. 그때도
요즘처럼 전세난이 심했다. 여러 날을 돌아다녀도 셋집을 구
하지 못해 보름 뒤에 첫날 보았던 저당 잡힌 집을 계약하고
말았다. 이사하고 한 달도 되지 않아 법원으로부터 경매 통

지서가 날아들었다. 전세금을 몽땅 떼이고 힘들었던 지난날이 주마등처럼 펼쳐져 마음을 무겁게 했다. 그뿐이 아니다. 이번에도 나는 셋집에서 밀려나는 아픔을 겪고 있지 않은가.

광호 엄마를 다시 만났다. 마련할 수 있는 자금을 물었다. 봉화 친정어머니가 고추 판 돈을 보태어 주어도 턱없이 부족한 금액이었다. 광호 엄마는 모자라는 부분은 월세로 하면 되지 않겠느냐면서 울먹였다.

궁하면 통한다는 옛말이 있다. 혹시나 하고 은행 후배에게 전세자금 대출상담을 했다. 소득 증명이 없어 조건이 안 되지만 집주인이 보증을 서면 가능하다고 했다. 하지만 장기간 보증을 선다는 것은 쉬운 일은 아니었다. 결론을 내리지 못하는 사이 시간은 내 편이 아니었다. 이제 다른 세입자를 구하는 일도 시간이 촉박했다. 달리 뾰족한 방법도 없어서 광호네를 들이기로 했다. 집 매매 잔금에 다소 차질 생기는 부분은 내가 신용융자를 더 받아 채우는 쪽으로 가닥을 잡았다. 결정은 어려웠으나 마음은 날아갈 듯 가벼웠다.

서둘러 절차를 밟아 나갔다. 대출 이자를 낮추기 위해 구청에 영세민지정 신청도 했다. 밝고 상냥한 광호 엄마가 모든 문제를 해결하는 데 첨병 역할을 했다. 우여곡절을 겪었지만 모든 일이 바라는 대로 처리되어 광호네는 우리보다 먼저 이사를 했다. 비록 십 년간 보증을 섰지만, 집값을 치르는데도 많은 도움이 되었으니 결과는 서로가 상생하게 된 셈이었다.

요즘도 광호 엄마는 변함이 없다. 과일 장사를 하면서 늘 웃는 얼굴에 인사성 바르고 부지런해서 동내 감초역할을 한다. 일손이 필요한 여러 곳에서 그녀를 원하는 바람에 뽑혀 다닌다. 코흘리개였던 광호도 어엿한 중학생이다. 엄마를 닮아서 인사성 바르고 건강하게 잘 크고 있다.

좋은 일만 있는 건 아니었다. 광호 엄마에게 걱정이 생겼다. 생활이 안정되자 광호 아빠가 긴장이 풀렸다는 것이다. 자주 술을 마시고 노름까지 한다는 소문이 들린다며 애를 태웠다. 그러면서도 원망하거나 힘들어하는 모습은 찾아볼 수가 없었다. 계기가 생겼다. 전세자금 융자 취급 은행이 바뀌는 틈을 타 원금을 분할상환하는 원리금 상환대출로 변경하였다. 이번에도 광호 아빠는 빠듯하게 살아야 긴장을 놓지 않는다, 라는 광호 엄마의 처방이 열쇠 역할을 했다.

일산에 사는 딸 내외가 인천 송도로 가게 되었다. 사위가 인천에 있는 직장으로 옮기게 되었기 때문이다. 새 직장을 얻게 된 기쁨도 잠시 당장 옮겨갈 집이 난제다. 전세보증금이 많이 늘어난 데다 집도 구하기 어렵다. 요즘 매스컴에 회자하는 전세난 기사가 남의 일이 아니다. 부족한 전세자금을 보태어 줄 수 있으면 좋으련만 내 형편도 여의치 못하다. 미안해하는 아비에게 딸이 오히려 위로한다.

"우리보다 어려운 사람들이 얼마나 많은 데요. 융자 내면 되니 걱정하지 마세요."

늘 밝게 살라는 당부를 잊지 않은 듯해서 고맙다. 아마도 전에 들려준 광호 엄마 이야기를 생각했을지 모른다. 초가을 저녁 귀뚜라미 우는 소리를 듣고 구름 속에 숨었던 상현달이 살짝 모습을 드러낸다. 달이 광호 엄마에게 속삭인다. 나도 빨리 보름달로 자라고 싶답니다, 라고.

주객전도

오늘은 모교 총동창회에서 주최하는 서른여섯 번째 운동회 날이다. 우리 기수는 나이가 많아 삼 년 전에 운동장을 떠난 신세가 되었지만, 동기생이 총동창회장으로서 대회장이 된 덕분에 동기생 여럿이 원로 선배 자리에 함께하는 영광을 누리게 되었다. 이전에 운동회가 열리던 시간만 가늠하고 교정에 들어서니 아직 한산한 모습이다. 반짝이는 가을빛 고운 햇살이 교정의 성긴 풀잎에 쏟아져 내린다. 풀잎에 맺힌 이슬이 햇빛을 머금고 영롱한 색채를 자랑하다 또르르 굴러 떨어진다.

한참 지난 후에야 동문이 모여들고 동기생 몇 명 모습도 보이기 시작한다. 운동회는 열한 시에 시작되었다. 운동장은 흙 대신 인조잔디가 깔렸고 그 위에 기수별로 줄지어 앉아 있는 후배 동문 숫자는 수년 전의 절반도 되지 않아 보인다. 활기가 넘쳐흐르던 옛 모습은 찾아보기 어렵고 분위기는 다소 가라앉은 듯하다.

사회자가 진행하는 식순에 따라 총동창회장이 참석한 내빈과 원로 선배를 일일이 소개한다. 아흔에 가까운 노 선배의 성공한 삶의 모습에서 긍지와 부러움도 느낀다. 동창회장의 개회사에 이어 저명한 동문의 축사가 이어진다. 발전기금을 많이 내준 동문과 기관 단체장이 소개되고 박수가 터진다.

식을 시작한 지 한 시간 가까이 지났다. 운동장에 앉아 있는 후배들이 웅성거리고 단상에 있는 사람을 제외하고는 대다수가 지친 모습이다. 정오가 지나서야 개회식이 끝나고 경기에 들어가게 되었다. 누군가 참다못해 넋두리했다. "참석 인원이 줄어드는 이유를 알만하네." 교정을 나오는 동기생들이 아쉬움을 떨치지 못한다. 이런 운동회가 몇 해나 더 이어질까?

해마다 이맘때가 되면 국정감사 소식이 텔레비전 화면을 달군다. 어느 여당의원이 농협의 이상 비대현상을 질책한다. 농민의 숫자는 계속 줄어들고 있는데 농협의 임직원 수는 지속적으로 증가하고 있다는 것이다. 농협의 이상 비대화 현상이 사회문제로 떠오른 건 이미 오래전 일이다. 수년 전에 개혁입법을 하고 개선 노력을 하고 있지만 별반 달라진 건 없다는 얘기다.

국정감사에서 밝혀진 자료에 의하면 농협 경제지주자회사 임원 50명 중 다수가 농협에서 낙하산으로 내려왔고 사외이사의 절반이 농협 출신이란다. 말 그대로 농협은 종사 임직원들의 생명의 창고이고 그 담보물은 농민이라는 사실을 확인할 수 있었다. 주객전도가 아닌가.

이런 현상은 비단 농협만이 아니다. 최근에 회자되는 정부 각 부처의 퇴직 직원이 하급 기관의 임직원 자리를 꿰차는 현상은 관례화되고 있다. 각종 비리로 국민의 삶을 위태롭게 하는 공기업의 퇴직 직원이 하청 기업의 노른자 자리를 메우고 있다는 뉴스가 이젠 더는 새로운 사실이 아니다. 국민의 세금으로 사는 공직자 일부가 국민을 볼모로 잡고 제 식구 배 불리기에만 몰두하는 현상이 힘들게 살아가고 있는 다수 국민을 허탈하게 한다.

풍요의 계절에 수확의 즐거움을 누리는 자는 힘들게 일한 국민이 아니다. 민생을 위해 존재하는 조직의 간부들이 단맛을 누릴 뿐이다. 주객이 전도된 현상은 우리 사회 곳곳에 넘쳐난다. 이런 사회 현상을 약육강식의 법칙으로 치부해 버리기엔 너무나 가슴 아픈 일이다. 가난의 대물림에 많은 사람이 죽음으로 내몰리기 때문이다. 우주는 영원한데, 순간을 사는 인간이 주인인양 거드름을 피워댄다.

하늘은 높고 구름 한 점 없으니 우주공간이 엄청 넓어진 모습이다. 미풍은 그리움을 실어오고 해는 어느 때보다 찬란하게 빛난다. 반짝거리며 흘러내리는 가을햇살로 텅 빈 가슴을 채운다.

5 부
비상을 꿈꾸다

　　새는 예로부터 영혼의 매개자, 신세계의 예고자, 효능의 발휘자, 그리고 길흉화복의
상징 등으로 인식되어 왔다. 칸트도 꽃이나 벌새의 자유로운 미를 찬미했다고 한다. ○
○○ 작가에게 '새' 는 어떤 원형상일까. 한지의 주름으로 탄생된 그의 새에게서는 자연
친화, 외유내강, 생명의 존귀, 그림자와 흔적, 그리고 평화와 보호의 뉘앙스가 전해진
다. 무엇보다 자신과 동일시되는 존재로서의 새는 구속을 해방시키는 자유의 상징체가
아닐까 한다. 또는 메시앙이 그랬던 것처럼 '천사의 아바타' 인지도 모른다.

전시회작품 (새-되기)

거랑 물

　개천절 날, 초등학교 운동장에는 만국기가 나부낍니다. 운동회가 열리는 날이지요. 언제부턴가 재학생이 많지 않아서 졸업생까지 참가하여 고향잔치로 치러지고 있답니다. 기수별로 모인 동창들은 초등학생이 되어 추억 살리기에 혼이 빠집니다. 누군가 추억 보따리를 풀어놓습니다.

　국민학교 일 학년 일반 교실이 난장판입니다.

　1955년 7월 어느 날 점심시간 모습이지요. 고구마 영갑이와 꾀보 정식이가 한판 붙었습니다. 정식이는 키가 작은 대신 가살스럽고 꾀가 많답니다. 꾀보가 갑자기 박치기하는 바람에 고구마가 코피 터졌습니다. 구경하던 친구들은 고구마를 응원합니다. 고구마가 순식간에 꾀보를 메치고는 배 위에 올라타고 항복하라고 윽박지릅니다. 밑에 깔려서 숨도 못 쉬던 꾀보가 고구마의 검정 팬티 가랑이 속으로 손을 집어넣었습니다.
쩔쩔매던 고구마가 다 이긴 싸움을 놓치고 다시 깔렸답니다.

체육시간을 마치고 점심시간이 되었습니다. 물 당번 영갑
이가 운동장 길체에 있는 우물에 물 길으러 갑니다. 아침부터
큰 주전자로 두 번씩이나 길어 왔으나 금방 물이 떨어졌답니
다. 보통 때는 주전자 두 개로 한 번만 길어오면 되는 일을 여
러 번 하자니 화가 납니다. 물 길으러 가면서도 도시락이 걱
정됩니다.

꾀보가 도시락 하나를 열어서 고구마를 끄집어냅니다. 꿀
밤 명수 녀석이 한입만 먹자고 아양을 떨어도 어림없습니다.
고구마가 하도 맛이 좋아서 급하게 먹다가 목이 막힙니다. 캑
캑, 꿀밤이 쾌재를 부릅니다. 참 고소하고 재미 만점입니다.

점심을 거르게 된 영갑이가 몹시 화나 있는데 친구들은 또
물 없다고 아우성입니다. 뙤약볕에 운동장 한쪽 구석에 있는
우물까지 가서 큰 주전자에 물을 떠 오는 일은 보통 힘 드는
일이 아닙니다. 거기다 점심까지 거르고 나니 눈앞에 하얀 별
이 수도 없이 어른거립니다. 억지로 교실을 나온 영갑이에게
교실 바로 옆 거랑의 흰 여울물이 보입니다. 비봉산 골짜기에
서 흘러내리는 거랑은 물이 맑아서 여름날 하굣길에 그냥 입
대고 마신 적이 여러 번입니다.

영갑이는 배가 고파도 참 고소하고 재미났습니다. 거랑물

덕분에 빨리 오는 바람에 친구들의 이야기를 엿듣게 되었으니까요. 고구마 도둑을 알아낼 수 있었습니다. 우선 고구마 훔쳐 먹은 놈에게 거랑물을 실컷 먹게 하고, 앙갚음할 기회를 엿보고 있습니다. 한판 붙기로 작정하던 중에 정식이가 먼저 시비를 걸어옵니다.

"고구마! 이거 샘물 아니지?"

"샘물 맞다."

"맞긴, 그라만 이 몰개는 어데서 나왔노?"

"모른다 안 카나. 그런데 니는 왜 내 고구마 훔쳐 먹노? 니는 도둑놈이다."

친구들이 모여들고 분위기가 심상치 않습니다. 지켜보던 창이 입이 근질거립니다.

정식이에게 당하기만 하는 영갑이가 안됐다는 생각이 들었습니다. 쌀밥 도시락 두고 남의 도시락 몰래 까먹는 식이를 골려주고 싶은 생각이 든거지요.

"내, 오늘 아침에 학교 오다가 어떤 어른이 개울에서 똥장군 씻는 거 봤다."

꿀밤 명수도 장단을 맞춥니다.

"정식이 니는 인제 똥독 올라서 언제 죽을지 모른다."

죽는다는 말을 듣고 갑자기 쬐보가 물을 게워내느라 안간힘을 씁니다. 꽥 꽥.

얼굴이 새빨개진 꾀보가 갑자기 고구마에게 달려들어 박치기합니다. 두 녀석이 교실 바닥에 뒹군 바람에 책상이 넘어지고 교실은 아수라장이 됩니다. 친구들은 재미있는 구경거리에 시간 가는 줄 모르면서도 고구마가 이기길 바랍니다.

"야, 요놈들! 그만두지 못할까."

오후 수업 시작종이 울린 지도 모르고 두 녀석이 싸우는 중에 선생님께서 오셨습니다.

"왜 싸웠나?"

"물 당번이 거랑물 떠왔는데, 모르고 먹었어요."

"왜, 거랑 물을 떠 왔노?"

"샘물 떠오는 거 힘들어서요. 내 도시락 훔쳐 간 것도 밉고요."

"선생님요! 똥장군 씻은 거랑물 마시면 죽어요?"

"누가 똥장군 씻은 물이라고 했나?"

"발통이 그랬어요."

"발통이 누구고?"

"기차에 동태 단 아, 창인데요…."

결국 영갑이와 정식이, 창이는 복도에서 두 손 들고 벌을 섭니다. 벌서는 동안 선생님은 자연과 환경에 대한 공부를 가르치십니다. 선생님은 도시 개울물은 검고 더럽지만, 시골 개울물은 마셔도 죽지 않는다고 하십니다. 조무래기들은 개울은 모두 같은 줄 알았는데, 도시 개울물은 검고 더럽다는 선생님 말씀이 믿어지지 않습니다.

오 년 후 조무래기들은 달성공원으로 수학여행을 갔습니다. 동물원에는 구경꾼도 많았고, 처음 보는 동물 모습이 신기했습니다. 하지만 공원 옆으로 흐르는 개울이 너무나 더럽고 지저분했습니다. 물속에는 쓰레기가 쌓여 있고 개울물은 먹물처럼 검었습니다. 일 학년 때 선생님 말씀이 그때야 믿어졌습니다. 누군가의 입에서 탄성이 튀어나왔습니다.

"이야! 그때 선생님 말씀 진짜네."

졸업 후 오십 년이 지나고 만난 나이 든 조무래기들은 어린 시절 추억을 떠올리고 시간여행을 즐기느라 입에 침이 마릅니다.

"임마들아! 내, 물 떠다 나르느라 얼마나 애먹었는지 아나? 배는 고픈데."

"야! 고구마야, 나는 진짜로 고구마가 니 점심인 줄 몰랐다."

"꾀보야! 사실은 똥 장군 씻었다는 이야기는 지어낸 말이었다."

재미나는 이야기는 끝이 없습니다. 바람에 날리는 만국기도 끼어듭니다. 모두가 이구동성으로 하는 말입니다.

"개울물 마시고, 똥 장군으로 키운 무시 뽑아 먹던 그 시절이 좋았다."

허기 치료법

하루아침에 직장을 잃고 방황할 때의 아픈 기억이다.

생각할수록 알 수 없는 일이었다. 배고프지 않을 만큼 먹었는데 허기가 지워지지 않았고 물을 마셔도 갈증이 사라지지 않았다. 나라 살림은 거덜 났고 다니던 은행은 역사 속으로 사라졌다. 무리에서 떨어진 한 마리 양의 두려움과 외로움을 어디다 하소연할 수도 없었고, 누구에게 도움을 청할 일도 아니었다. 혼자 삭이자니 몸과 마음이 병들어 하루하루가 나락으로 떨어지는 기분이었다.

갑자기 갈 곳이 없어져 집에만 있으니 먹구름이 몰려오는 듯 불안한 생각만 머릿속을 맴돌았다. 울분과 무료함을 덜어내기 위해 묵정밭으로 갔다. 본디 밭이었지만 오랫동안 묵혀 놓아서 아카시아와 잡초가 우거져 있었다. 은퇴 후를 생각해서 마련해둔 것이 예상보다 일찍 때를 만난 셈이다.

잡초와 산딸기 덩굴을 걷어내고 아카시아를 베어냈다. 그 루터기와 뿌리는 곡괭이로 캐내야 했다. 굵은 아카시아 뿌리 는 한 그루를 캐내는 데 종일도 모자랐다. 땅속에 뿌리가 연 줄처럼 엉겨 있었다. 기진맥진하도록 일을 해서라도 분노와 외로움을 삭여야 했다.

사방이 어둠 속으로 숨어드니 몸은 지치고 가슴엔 냉기가 몰려오는데 그나마 갈 곳은 집뿐이었다. 낙조의 전경이 아름 답지 않았고 불타는 노을은 가슴속에 끓어오르는 울분이었 다. 허기가 극에 달하고 갈증으로 목이 타는 듯했지만, 밥은 넘어가지 않았고 물만 당겼다. 밤이 자꾸만 길게 느껴지고 눈앞에는 별빛이 은하수처럼 가물거렸다. 고독과 불안, 방황 은 다른 사람이 해결해주지 못하는 영원한 숙제였다.

아내의 표정도 점점 어두워져 갔다. 잠이 안 오면 읽어보라 면서 책 한 권을 내밀었다. 『아름다운 삶, 사랑 그리고 마무 리』라는 책 제목에 구미가 당겼다. 채식주의자인 스콧 니어 링 부부가 시골 자연 속에서 노동하면서 조화로운 삶을 살아 간 이야기였다.

스콧 니어링은 부부가 함께 자연 사랑을 실천하다가 노동 력이 떨어지자 백한 살에 스스로 곡기를 끊고 죽음을 맞아들 였다. 참으로 평온하고 존엄한 죽음에 감명을 느끼지 않을 수 없었다. 사람의 힘으로 없애주지 못하는 허기와 갈증을 자연이 해결해 줄 수 있을 거라는 생각이 들었다. 틈틈이 책을 읽는 사이 나무뿌리라도 캘 수 있는 건강을 가진 데 대해 감사하는 마음이 들기 시작했다. 긍정적인 마음을 가지려고 노력하니 일하는 즐거움도 느끼게 되었다.

쉬면서 찬찬히 주위를 살피니 잡초에서 피어난 꽃도 아름다웠다. 지저귀는 새소리에도 함께하려는 언어가 있는 듯 들렸다. 차츰 단잠을 이루게 되었고 몸이 가벼워졌다. 정신의 양식과 자연의 위로가 허기와 갈증을 없애준 약이 되었던 듯싶다.

직장 관계로 집을 떠나 혼자 타지 생활하던 때가 생각난다. 늘 아이들과 함께 아내가 차려주는 밥상을 받다가 혼자 끼니 해결을 하게 되었다. 처음에는 아내가 당부한 대로 집에서 가져온 반찬에다 전기밥솥 등을 보았다. 때맞추어 끼니를 챙기는 일도 잠시였다. 시간이 지날수록 거르는 일이 잦아졌고 밖에서 해결하는 날이 많아졌다. 고심 끝에 단골식당을 정해 놓고 다니니 입에 맞는 음식을 골라 먹을 수 있었고 편했다. 편리함 속의 부족함이었던가. 이상한 것은 밥을 먹어도 허기가 가시지 않았고 물을 마셔도 갈증이 더해지는 현상이었다.

주말 저녁 식탁에서 끼니 이야기가 나왔다. 먹어도 허기가 가시지 않는다는 이야기를 묵묵히 듣던 아내는 걱정스러운 표정이었다. 월요일 아침 이른 시간에 집을 나서는데 보따리 두 개가 자동차 트렁크에 실렸다.

"허기와 갈증에 도움이 되는 보약을 좀 챙겨 넣었습니다. 빼먹지 말고 챙겨 드세요."

저녁에 숙소에 들어가서 보따리를 펴보니 약은 보이지 않고 찰떡과 쑥떡을 비닐랩에 싼 것과 매실 식초가 들어 있었다. 이것들이 허기와 갈증을 해결해 줄 수 있을까, 의아해하면서도 고맙다는 전화를 했다. "약은 안 들어 있던데." 하니 아내는 떡과 식초가 약이니 나중에 약값이나 내라면서 전화를 끊었다. 한동안 아내의 성의를 생각해서라도 부지런히 먹고 마셨다. 허기와 갈증을 느끼지 않게 된 것이 언제부터인지는 몰랐다. 나중에야 아내의 손맛 덕이었을 거라는 생각이 언뜻 떠올랐다.

사람은 가진 것이 많을수록 마음속 빈자리는 커지고 허기와 갈증을 더 많이 느끼게 된다고 한다. 1인당 국민소득이 우리나라의 십 분의 일도 되지 않는 부탄이라는 작은 나라의 국민 행복지수가 세계 1위라는 사실은 다시 생각해볼 일이다.

삶을 살아가는 데 중요하지 않은 것이 없지만 그중 가장 중요한 것은 사랑과 생명이라고 한다. 생명은 사랑을 있게 하고 사랑은 생명을 지켜주기 때문이다. 조물주는 모든 생물을 유기체로 창조해 놓았기에 사람도 다른 생명과 더불어 살아가야 하는 숙명을 타고났다.

늦은 가을날 잎이 진 감나무에 까치밥을 남겨두는 옛사람의 지혜를 너무 늦게 안 듯싶다.

비상을 꿈꾸다

새 한 마리가 날아왔다. 공원의 나무들이 푸른 옷을 입기 시작하더니 어느새 숲은 새들의 보금자리가 되었다. 숲에서 재잘거리던 찌르레기 한 마리가 가게 앞에 놓아둔 고무함지박에 날아와 목을 축이고는 힘차게 하늘로 솟아오른다.

아내가 어리연 키우는 고무함지박에 물 채우는 일을 낙으로 삼은 지도 여러 해다. 새들이 숲에서 지저귀다 날아와 물을 마시면서 고개를 갸우뚱거리거나 짝을 불러대는 소리를 들으면 어찌나 사랑스러운지, 보지 않고는 모른단다. 아내는 새가 운다, 라는 말을 좋아하지 않는다. 새는 우는 게 아니라 노래하고 지저귄다고 생각하기 때문이다. 무시로 날아드는 찌르레기에게 아내가 특별한 정을 느끼는 건 비상의 희열과 자유, 모성애를 느끼기 때문이리라.

가게를 연지도 십여 년이 넘었다. 일 년 내내 아침부터 저녁 늦게까지 아내 혼자서 가게를 지킬 때가 대부분이어서 여행 같은 건 꿈속에서나 가능했다. 아들이 외국유학을 떠나 여덟 번 해가 바뀌는 동안 손자가 둘이나 났어도 한 번도 가보지 못했다. 뿐만이 아니다. 딸마저 혼인하자마자 외국생활을 했건만 끝내 한번 다녀오지 못했다. 그 사이 여러 차례, 나는 짧은 기간이라도 가게 문을 닫고 다녀오기를 설득해봤으나, 쇠귀에 경 읽기였다. 가게를 찾는 손님을 배려함인지, 한 푼이라도 더 보내주고 싶은 모성애 때문인지 모르지만, 그 일로 부부간에 많은 갈등을 겪었다. 아내는 스스로 새장에 갇힌 새가 되었다.

새장의 새는 자유를 꿈꿀 것이다. 창공을 난다는 사실은 자유의 실천이다. 하늘을 향해 힘차게 비상하는 새로부터 인간은 무한한 자유를 느끼고 희망을 꿈꾼다. 새장의 새가 된 아내는 목마름을 해소하기 위해 날아드는 찌르레기를 통해 자신도 새가 되는 환상을 느끼는지도 모른다.

아내의 여고 동창생 다섯이 부부모임을 삼십년 째 하고 있다. 지난 연말 모임자리에서 동창생 여럿이 미국에 이민간 친구의 초대로 여행을 간다는 얘기를 들었다. 당연히 아내는 빠져 있었다. 아예 여행과는 거리가 먼 친구로 생각해 함께가자는 얘기도 하지 않았다고 했다. 나는 아내를 잠시라도 새장에서 놓아주고 싶었다. 그것은 시혜가 아니었다. 눈앞의 일에 집착하기보다 높은 데서 멀리 보고, 자유와 비상의 기쁨을 체험해보라는 바람 때문이었다. 여행 준비를 맡은 동창생에게 부탁해서 다행히 늦게라도 합류할 수 있게 되었다. 아내 몰래 여행 비용을 송금하고 중도에 못가더라도 낸 돈을 돌려받지 못한다는 거짓 밀약을 했다. 여행 다녀오라는 말에 아내는 펄쩍 뛰었으나, 이미 준 돈 때문에 여행은 돌이킬 수 없는 일이 되었다.

아내가 보름간의 여행을 떠나자, 내가 대신 새장에 갇힌 새가 되었다. 시간과 공간의 구애를 받지 않고 자유를 누리다가 종일 가게를 지킨다는 사실은 여간 고통스러운 일이 아니었다. 자유는 속박을 통해서만 그 본질을 드러내는 속성이 있음을 비로소 깨달았다. 변화된 환경에 적응하기 위해 스스로 길을 찾아야 했다. 꽃에 물을 주고, 고무함지박에 물 채우기를 하면서 찌르레기 가족을 기다릴 수밖에 없었다. 공원의 숲을 바라보면서 사색을 하고, 책을 읽기도했지만, 시간은 더디게 흘렀다. 무료함을 달래면서 상념에 젖어있노라니 아들의 조각 작품전이 떠올랐다.

대구문화재단이 주관하고 있는 범어 지하상가 미술거리에는 수많은 작가가 작품전시를 하고 있다. 아들도 문화재단의 초대를 받고 조각 작품을 전시하는 중이다. 작품 테마는 「새

- 되기」이다.

어느 미술평론가가 아들의 작품을 두고 쓴 글의 일부다.

새는 예로부터 영혼의 매개자, 신세계의 예고자, 효능의 발휘자, 그리고 길흉화복의 상징 등으로 인식되어 왔다. 칸트도 꽃이나 벌새의 자유로운 미를 찬미했다고 한다. 작가에게 '새'는 어떤 원형상일까. 한지의 주름으로 탄생된 그의 새에게서는 자연친화, 외유내강, 생명의 존귀, 그림자와 흔적, 그리고 평화와 보호의 뉘앙스가 전해진다. 무엇보다 자신과 동일시되는 존재로서의 새는 구속을 해방시키는 자유의 상징체가 아닐까 한다. 또는 메시앙이 그랬던 것처럼 '천사의 아바타' 인지도 모른다.

- 중략 -

나는 평론가가 작가를 위해 좋은 글을 써 주었다는 생각을 하면서, 아들이 비상을 바라는 자신의 염원을 「새 - 되기」라는 작품으로 표현했을 것이라는 생각을 했다. 아들은 오랜 유학생활을 했으나 외국에서 조각가로 홀로서기는 쉽지 않았다. 아비의 주머니가 거덜나는 바람에 꿈을 못다 이룬 채, 서둘러 귀국할 수밖에 없었다. 스스로 날지 못하는 새에게는 배고픔과 절망이 있을 뿐이었다. 이루지 못한 꿈을 안고 돌아온 아들은 그래도 비상의 꿈을 버리지 않고 열심히 날개짓을 하고 있다. 힘들지만 좋아하는 일이고 이루어야 할 꿈이 있기 때문이리라.

여행 떠난 아내에게서 메시지가 왔다. 즐거워서 메시지 보내는 일을 잊어버릴 뻔했단다. 세상은 생각했던 것보다 넓고 아름답다는 사실을 새롭게 느꼈다고도 했다. 새장에만 갇혀 있던 한 마리 새가 비상의 자유를 누린 기쁨을 전해 듣고 나니 마음 한 구석에 미묘한 바람이 인다. 자유의 속성을 알았으니 다시 새장으로 돌아오지 않으려 할지도 모른다는 노파심이 살짝 머릿속을 스친다. 이어서 또 한 마리 새에게는 연민을 느낀다. 아들의 「새 - 되기」 앞날은 고난의 연속이 될 것이다. 하지만 비상을 위해 날개짓을 멈추지 않는 한, 아비어미는 가슴 속에 새 한 마리를 품고 살아갈 수밖에 없을 것이다.

흉터

내 몸에는 흉터가 많다.

어릴 적에 꼴을 베다가 왼손 중지를 베어 생긴 흉터와 나락을 베다 새끼손가락을 베어 생긴 흉터는 서툰 낫질 때문이니 내 탓이 분명하다. 발목에 있는 흉터는 산토끼몰이 갔다가 다친 흔적이다. 다만, 보지도 못한 늑대가 나타났다는 소리에 달아나다 넘어지면서 다친 흉터이니 억울한 면이 있다. 그래도 할머니가 가마솥 밑의 검정을 긁어 참기름에 개서 붙인 덕에 문신처럼 남았으니 흉터치고는 괜찮은 편이다. 문제는 얼굴의 흉터다. 지금이야 나이 먹고 주름살이 생겨서 흉터인지 쉬 구별이 안가지만 그 때문에 인상이 바뀌었다는 생각을 하고부터 마음의 상처가 되어 더 큰 흉터로 남았다.

동네 조무래기들과 어울려 놀면서 지기 싫어하는 그놈의

성미 때문에 왼쪽 뺨에 할퀸 자국이 있다. 나이 들면서 그 흔적은 보조개 아닌 보조개로 남았다. 가장 큰 흉터는 이마 가운데 주름살처럼 남아 있는 흉터다.

초등학교 오 학년 여름방학 때쯤으로 기억된다. 한동네 사는 큰고모집에 심부름 갔다가 '말똥가이생'이라는 놀이를 하게 되었다. 뒷날 알고 보니 가이생은 일본 말에서 유래된 놀이 이름인데, 여러 명이 편을 갈라 상대방 땅을 차지하기 위해 육박전을 벌이는 격한 놀이다.

그날도 힘에 부치는 상대에게 겁 없이 대들었다가 바닥에 나뒹구는 수모를 당했다. 하필 봉당의 댓돌에 이마를 부딪치는 바람에 이마가 터지는 사고가 났다. 선혈이 낭자했던 나는 어떻게 집까지 갔는지 기억이 나지 않았다. 정신이 들어 눈을 뜨니 이마에 된장덩어리를 붙이고 흰 무명천으로 머리를 싸매 놓았다.

절대로 물놀이는 하지 말라는 어머니 부탁을 끝까지 지키지 못하고 동네 앞 개천에 뛰어든 것이 화근이었다. 상처가 아물어 가던 중에 물이 들어가 곪기 시작했다. 고름을 짜내고 고약을 발라도 상처는 쉽게 아물지 않았다. 운명을 바꾸었을지도 모르는 흉터를 남긴 건 내 부주의와 어른 말씀을 새겨듣지 않은 탓이었다.

중학교를 졸업하고 집안 사정으로 가고 싶은 학교에 원서도 내보지 못했다. 훗날 내가 받은 점수가 원하던 학교에 가고도 남는다는 사실을 알고는 마음의 상처가 되었다. 그 후에도 원하던 진로를 뚫어보려고 애썼지만, 그때마다 건강이 길을 막았다.

건강을 상하고 나니 시력이 나빠졌다. 안경을 쓰고부터 눈 주위에 주름이 많아지고 눈도 작아졌다. 머리카락이 자꾸 빠지더니 대머리가 되었다. 이마의 상처로 말미암아 생긴 흉터가 나이 들수록 주름살을 키웠다. 그런 까닭에 나는 젊은 시절부터 실제보다 나이 많아 보였다.

거울보기가 민망해지고 사진 찍는데 얼굴 내미는 게 주저되었다. 자신감은 사라지고 절로 움츠러들었다. 세월이 흐를수록 마음 한가운데는 흉터에 대한 트라우마가 자리를 넓혀갔다. 나의 차분하지 못한 성미가 흉터를 만들었는지, 흉터의 트라우마가 내 성격을 바꾸어 놓았는지 알지 못한다. 다만, 이마 중앙의 흉터가 내 앞날을 바꾸어 놓았다는 주변의 뒷말을 평생 떨치지 못하고 살아왔다. 어려운 일이 생길 때마다 그 말은 운명처럼 떠올랐다.

그렇게 아름다운 인생의 봄날을 흉터 만들면서 보내고, 뜨겁고 싱그러운 여름은 흉터로 말미암은 상처 속에서 헤매다 보냈다. 얼굴이라는 말은 '얼'과 '꼴'의 합성어라 한다. '얼'은 정신을 이름이니 얼굴은 정신의 꼴이 되는 셈이다.

그런데 내 얼굴 모습이 이럴지니 마음을 제대로 다스리지 못했음이다. 늦게나마 마음을 다스려야겠다고 이런저런 시도를 해봤으나 생긴 주름이 퍼지거나 빠진 머리가 새로 나지는 않았다. 늦은 가을 석양을 맞고서야 비로소 어슴푸레하게나마 느끼게 되었다. 흉터도 상처도 내 모습의 일부라는 사실을 받아들이고, 지난날에 대한 연민을 버려야만 맑은 마음으로 돌아갈 수 있음을 뒤늦게 알게 된 것이다.

주일 미사 때, 신부님이 복음말씀 강론에서 나희덕의 시 「빚은 빛이다」를 인용하면서 모든 사람은 빚을 지고 살아간다고 했다. 묵상하는 동안 나 또한 시인이 읊은 '사과가 되지 못한 꽃 사과'의 꽃 사과처럼 살아오면서 진 빚이 많다는 생각이 들었다. 얼굴의 흉터와 마음속 상처가 살아오면서 더 많은 빚을 지게 했을지도 모른다는 생각에 잠시 마음이 무거워졌다. 하지만 시인은 '빚도 오래 두고 갚다 보면 빛이 되는 걸'이라고 했다. 사과가 아닌 꽃 사과로 살았으면 어떤가.

이제부터라도 열심히 빚을 갚다 보면 노을빛 같은 아름다운 마무리를 할 수 있을 지도 모르니까.

아름다운 소통

참으로 오랜만에 춤 공연장을 찾았다. 오늘 첫 발표회를 하는 C 여사가 춤을 배운지는 스무 해도 넘는 세월이 지났다. 주부이면서 바쁜 일상에 어렵게 시간을 내어 한국춤을 공부해 온 결실을 보게 되었다.

춤을 좋아하는 동호인들이 '아리 한국춤 아카데미'라는 무용단을 창단하여 첫 공연을 열게 된 것이다. '아리'는 생명의 파동을 뜻한다고 했다. 또한 사랑 지혜 조화 불굴의 정신 같은 인간 내면의 가장 깊은 곳에 자리하고 있는 고귀한 아름다움을 아우르는 의미라고도 했다.

무대의 막이 오르고 공연이 시작되었다. 공연은 태평무를 시작으로 장고춤까지 아홉 가지 춤과 대금산조로 구성되었다. C 여사는 도살풀이춤의 주인공이다. 도살풀이는 도당살

풀이의 줄임말로서 민속무의 하나로 행해지고 있는 살풀이 춤의 원형이라고 한다. 흉살과 재난을 소멸시켜 안심입명하고 행복을 맞이한다는 소원에서 비롯되었다는 해설은 살풀이춤에 녹아있는 민초들의 혼을 가슴 찡하게 느끼게 한다.

소복을 하고 무대에 나온 춤꾼의 율동이 시작되었다. 긴 수건이 그리는 공간상의 유선流線이 다양하다. 손을 들어 수건을 펼칠 때 목젖놀이와 발차는 사위는 순간마다 변화를 새롭게 일구어내고, 춤꾼의 표정은 내면의 미묘한 감정을 표현한다. 용사위, 낙엽사위 등의 독특하고 다양한 춤사위를 펼칠 때마다 달라지는 율동과 표정을 읽어내느라 긴장의 고삐를 늦출 수가 없다.

손을 올려 긴 수건을 허공으로 펼치는 동시에 버선코는 하늘을 차고 목젖이 따라서 논다. 춤꾼의 율동에 맞추어 북소리 와 징소리, 꽹과리 소리가 화음을 이루는 가운데 대금산조가 울려 퍼진다. 가슴속에 쌓인 여인의 한을 긴 수건에 담아 먼데 하늘로 날려 보내고 발로 차서 떨쳐 버리는 듯하다.

시시각각으로 그려내는 율동을 보고 있노라니 춤은 소통이라는 생각이 든다. 손끝 발끝은 물론 온몸이 내면의 감정과 소통을 해야 하고, 북소리 징소리 꽹과리소리 그리고 음악과 무대 조명이 잘 어우러져야 한, 흥, 멋, 태를 고루 갖춘 멋진 춤사위가 된다.

'아리 한국춤 아카데미' 회장인 C 여사는 세 차례나 강산이 변하는 세월을 지나도록 매월 여고동창모임을 갖는 아내의 친한 친구이다. 아이러니하게도 C 여사는 여고동창이 아닌 데도 모임의 산파역을 했고 오랜 세월 정겨운 모임으로 이끌어 오고 있다. 아내의 여고동창 중 한 사람이 C 여사와 대학 동창이었던 인연으로 함께 모임을 하게 되었다고 한다. 다른 학교 출신이 동창이 되어 수십 년을 탈 없이 섞여 지내 온 비결이 오늘에서야 풀리는 듯하다. 아마도 C 여사가 소통의 달인이었기에 가능했으리라.

다음 공연을 위해 잠시 막이 내려지고 어둠이 고요를 몰고 오니 자신의 내면에 숨어 있던 어떤 의식이 희미하게 떠오른다. 나는 어떻게 소통을 하면서 살아왔던가? 곰곰이 생각해 보니 잘못된 소통으로 말미암은 상흔傷痕이 수도 없이 떠오른다.

내게도 매월 셋째 주 수요일에 만나는 동창모임이 있다. 대학 시절 아홉 친구가 의기투합하여 만든 모임이다. 졸업한 지 사십여 년 세월이 흐르고 나니 먼저 세상을 떠난 친구, 이민을 하였거나 연락이 끊긴 친구를 제하고 연락이 닿는 친구는 세 사람뿐이다.

그 중 한 친구는 부지런하고 지혜로워서 공무원 퇴직 후에도 공부를 계속하여 대학강의를 하면서 전원생활도 즐기고 있다. 한 달 만에 만나면 그동안 쌓인 이야기로 시간 가는 줄 몰랐다. 소주잔을 기울이며 기름진 음식을 좋아하던 그가 지난달 모임에서는 육식을 일절 금해야 한다고 해서 충격을 받았다.

그러고 보니 말이 어눌했다. 자세히 쳐다보니 얼굴 모습도 예전 같지 않았다. 뇌경색증으로 보름 넘게 병원신세를 졌다고 하는 그의 얼굴에 힘들었던 흔적이 남아 있었다. 아침에 깨어나니 말을 못하게 되었고, 뇌경색이라는 의사의 진단을 받았다고 한다. 생사의 갈림길에서 호된 고통을 겪은 친구의 모습이 나의 모습인양해서 그날 이후 무거운 마음을 쉽게 떨칠 수가 없다.

지금까지도 나는 서투른 소통법 때문에 뇌경색 같은 아픔에서 벗어나지 못한 삶을 살고 있다. 이십여 년 전 일이지만 이런저런 핑계로 고향에 계시는 부모님을 자주 찾아뵙지 못한 탓에 아버지의 환우가 깊음을 눈치채지 못했고 결국 임종도 지키지 못하는 불효를 저질렀다. 그 죄책감은 살아 있는 동안은 회한으로 남을 것이다.

다시 무대의 막이 올라가고 살풀이춤, 소고춤 등 다양한 공연이 이어졌고, 장고춤을 마지막으로 '아리 한국춤 아카데미' 창단공연은 성황리에 끝났다. 공연장을 가득 메운 관중의 열기가 춤꾼의 열정과 하나가 되어 내면의 갈증을 풀어주는 새로운 에너지로 충만해짐을 느꼈다.

C 여사는 새로운 소통을 시도하고 있다. 평생 가슴 속에 쌓아 두었던 생명의 파동을 춤을 통해 고귀한 아름다움으로 승화시켜 행복을 나누려 한다. 공연은 끝났지만 관중의 그칠 줄 모르는 박수 소리가 소통의 아름다움을 전하는 메아리가 되어 끝없이 퍼져 나간다.

문학기행

　문학기행! 말만 들어도 가슴이 설레고 추억의 향기가 묻어나는 듯했다.

　글공부를 시작한 지 얼마 되지 않아 문학기행을 간다는 소식에 밤잠을 설쳤다. 잠시 나이를 잊고 여러 문우와 함께할 수 있다는 사실만으로도 젊어지는 기분이 들었다. 문우들을 태운 관광버스가 단양 IC를 빠져나가더니 금방 청풍호로 향했다. 충주댐을 품고 있는 제천과 단양은 산 반 물 반의 말 그대로 산수의 고장이다. 근년에 들어 세 번이나 찾았는데 올해는 문학 기행 덕분에 만추의 산수 절경을 완상하는 행운을 누리게 된 것이다. 휴게소에 다다른 버스는 차창앞에 펼쳐지는 절경에 주눅이 들어 무거운 짐을 토해냈다. 장회나루였다.

　호수에는 검푸른 물결이 맑은 바람에 일렁이고, 먼데 하늘에는 새털구름이 은빛 밭고랑을 수없이 일구고 있었다. 우뚝 솟은 옥순봉은 운무에 둘러싸인 듯한데, 허리를 구름에 내맡긴 옥순봉은 못 보일 것을 들킨 듯 수줍은 모습이 역력했다.

장회나루를 출발한 버스는 옥순대교를 지나고 있었다. 옥순대교에서 바라보니 옥순봉 옆에 거북 머리가 뭍으로 올라가는듯한 형상을 한 바위 봉우리가 보였다. 이름하여 구담봉이라 한다. 호수의 물결 위에 노니는 거북을 연상하면서 눈이 시리도록 바라보았지만 범부의 눈에는 거북의 등 무늬는 보이지 않았다.

예전 어느 선비는 이곳을 지나다 절경에 도취하여 열 걸음 걷다가 아홉 번을 되돌아보았다고 한다. 우리가 탄 버스는 옥순대교를 지나 전망대에 이르러 한 번만 더 보고 그만 가자 하니 아쉬움만 남기고 떠날 수밖에 없었다.

멀리 월악산이 손짓하지만, 버스는 앞만 보고 달릴 뿐이었다. 머무르고 싶은 곳이 어디 한두 군데일까만 대자연은 한꺼번에 다 펼쳐 보여주지는 않았다. 금봉이도 울고 넘었다던 박달재를 넘어 오늘의 목적지 원서문학관에 도착했다.

문학관 주인인 오탁번 시인의 안내를 받고 일행은 옛날 초등학교 분교였던 세 칸짜리 교실 중 두 번째 교실에 들어가 착한 어린이가 되었다. 양초 칠해가며 걸레질하던 나무마루 바닥이 있고 환갑도 넘은 듯한 그때 그 시절의 작은 의자가 L

자로 놓여 있었다. 교실 앞쪽에 골동품이 된 풍금도 보였다.

아, 반세기도 전에 내가 손 때 묻힌 그 풍금과 똑같구나! 아련히 떠오르는 추억에 넋이 나가 있는데 풍금소리가 들렸다. 추억이 보이고 소리로 들리는데 풍금을 치는 사람은 예쁜 여선생님이 아니라 덩치 큰 남학생이었다. 일행은 누가 시키지도 않았는데 풍금소리에 맞춰 「고향의 봄」,「꽃밭에서」를 따라 불렀다. 이어서 목소리 좋은 한 문우가 오탁번 시인의 「폭설」을 낭송하고 작가로부터 문학강의를 들었다. 작가의 작품과 직접 듣는 강의에 작품의 산실이었던 문학관이 하모니를 이루어 나이 든 학생들을 추억의 터널 속에 가두어 버렸다.

문학강의를 듣고 교실에서 나오니 들어갈 때 무심하게 지나쳤던 또 다른 추억의 산실이 펼쳐졌다. 교실 입구에 서 있는 돌로 조각한 시인의 어머니 상에서는 그리움이 묻어났다. 문학관 어귀에 우람하게 서 있는 노거수 느티나무가 흘러간 세월을 말없이 일러주고 있었다. 나뭇가지에 매놓은 그네를 타는 여학생의 모습에서는 반세기도 전, 단옷날에 갑사 치마저고리 입고 빨강 댕기 단 막냇고모의 모습이 떠올랐다.

이윽고 떠날 시간이 되어 버스에 오르려는데 문우 서너 명이 작은 책을 들고 문학관 주인의 사인을 받고 있는 모습이 보였다. 눈썰미 좋은 몇 사람이 사무실 안쪽에 있던 시집 『손님』을 가져와서 작가의 사인을 받는 중이었다. 그렇지, 그 순간 나의 머릿속에는 바둑이가 떠올랐다. 바둑이는 초등학교 5학년 때 짝꿍의 별명이다. 나는 얼른 사무실에 가서 시집 두 권을 사와서 작가의 사인을 받았다. 바둑이에게 시집 한 권을 선물하고 싶다는 생각을 한 순간부터 초등학교 5학년으로 되돌아간 듯 즐거웠다.

문학기행이 남긴 착각, 그것은 아주 깨어나지 않아도 좋을 행복한 몽환이었지만 그리 오래가지는 못했다. 돌아오는 길의 버스는 또 다른 문학의 산실을 향해 달려가고 있었다. 조용히 눈을 감으니 새로운 꿈이 현실처럼 살아난다.

돌아가리라. 돌아가리라. 말 뿐이오 갈사람 없어,
전원이 황폐해지니 아니 가고 어찌 할고.
초당에 청풍명월이 나며 들며 기다리나니.

임금의 만류를 뿌리치고 「효빈가效嚬歌」를 읊으며 고향 안동으로 돌아가 「어부가」를 지은 농암 이현보 선생의 모습이 보이는 듯하다. 꿈을 꾸고 있다. 내가 태어난 고향에 가서 홀로 여생을 보내고 있는 노모를 섬기면서, 예쁜 조약돌이라도 줍고 싶다는 그런 꿈 말이다.

전용 주차장

지난해 가을에 만든 가게 옆 화단에 서양 채송화가 빨간 꽃을 피웠다. 남천도 사름을 해서 어느새 하얀 쌀알을 수없이 달고 있다. 노란 애기달맞이꽃은 세 살배기 손녀의 얼굴처럼 앙증맞고, 풍로초 빨간 꽃잎은 절로 허리를 굽히게 한다.

가게 문을 열고 꽃에 물을 주며 화단을 가꾸던 아내가 볼멘소리 한다. "하필 여다가 차를 세워 났노." 화단 옆에 큰 차를 주차해 놓았으니 물주기 불편하고 꽃 자랑할 기회를 빼앗긴 셈이다. 나는 못 들은 척 아무 대꾸도 하지 않았다.

이튿날 늦은 아침, 가게에 나오니 어제 세워 둔 자동차가 그대로 있었다. 검은색 고급 외제차인데 광택이 햇빛에 반사되어 눈부셨다. 아내는 차 주인은 분명히 힘깨나 쓰는 부자일 걸로 추측했다. 나도 같은 생각이었다.

농원에 가서 풀베기를 하면서도 마음은 고급 외제차에 가 있었다. 지금쯤 차를 가져갔을까? 오후에도 그냥 있으면 차를 빼 달라고 할까. 부탁하면 차 주인이 순순히 응해 줄까? 생각할수록 복잡하고 마음이 어지럽다. 일이 손에 잡히지 않고 조바심이 난다. 차를 치우든 그냥 두든, 가게에 직접적인 지장은 없다. 그런데 자꾸 신경이 쓰이는 것은 불편했던 기억이 남아 있기 때문이다.

몇 달 전 조폭처럼 생긴 고급 차 주인으로부터 낭패를 당한 적이 있다. 우리 가게 다음이 식품가게라서 차량이 많이 드나든다. 화단 쪽 도로가 임시주차장 역할을 하고 있다. 화단과 쇼윈도 기능도 살리고 식품가게 고객 주차 편의도 배려하기 위해 어지간하면 화단 앞은 비워 둔다. 주민 사이에 무언의 합의가 이루어져 평소에는 비어 있다. 차를 세워둔 지 사흘이나 되어도 꼼짝 않고 있기에 연락처로 전화했다. 두어 시간 지나서야 한 남자가 가게 문을 열면서 차 빼라는 전화했느냐며 소리를 지른다. 얼굴에는 칼자국이 있고 스포츠형 머리에 어깨가 떡 벌어진 모습이 한눈에 봐도 영락없는 조폭 같다. 대답도 않은 채 뒤로 슬금슬금 물러선다. 남자는 기세등등하여 소매를 걷어붙인다. 양 팔뚝에 흑룡이 꿈틀거린다.

"X 팔! 남 잠 다 설치게 하고. 여가 니 땅이가?"

가슴이 벌렁거리고 오금이 저려 대답이 잘 나오지 않는다.

뒤를 돌아보니 아내도 송충이를 만진 듯 겁에 질려 있다. 그래도 나는 남자 아닌가. 거기다 가정을 지켜야 할 가장인데, 정신을 가다듬었다. "잠 깨웠다니 미안합니다. 차 빼라고 전화한 게 아니고 아까 순찰 경찰이 차 주인을 묻기에 전화했다."라고 둘러대었다. "차 빼면 될 거 아이가."문을 홱 닫고 나간다.

오늘이 사흘째다. 검은색에 광택이 눈부신 고급 외제차는 미동도 않고 그 자리에 주차되어 있다. 점점 불안 초조가 마음의 평정을 잃게 한다. 아내는 이 차 주인은 틀림없이 조폭일 거라고 단정했다. 나도 속으로 동의했지만, 한마디도 하지 않았다. 아내는 이번에는 절대 전화하지 말라고 신신당부를 했다. 나는 묵묵부답일 뿐이었다.

나흘째 되는 날이다. 밖에서 볼일을 보고 돌아오니 아내의 표정이 어둡다. 스포츠형 머리에 검은 선글라스 낀 건장한 남자 둘이 다녀갔다고 한다. 차 주인이 어디 사는지 아느냐고 묻더라는 것이다. 며칠째 차를 한 자리에 세워둔 점이나 조폭 같은 사람이 차 주인을 찾는 걸 보면 틀림없이 차 주인은 조폭일 거라는 추측은 현실이 되었다. 차 주인이 큰 사고를 냈거나 쫓기고 있지 싶단다. 머지않아 큰 다툼이 벌어지고 우리 가게 근처가 조폭 싸움터가 될지 모른다는 생각이 종일 머릿속을 떠나지 않는다.

경찰서에 신고라도 하는 게 좋지 않을까, 하는 내 말이 끝나기도 전에 아내는 펄쩍 뛰면서 손사래를 친다. 다른 방법이 없다. 사건이 터지지 않고 온전히 자동차를 빼 가기만 기다릴 뿐이다. 울타리를 침범당한 듯하여 공연히 피해의식을 느낀다. 가장이면서 제대로 역할을 못하고 있다는 생각이 들어 아내에게 부끄럽기도 하고 자존심도 상한다. 아내는 화단가꾸기도 포기하고 자동차 근처에는 얼씬도 않는다.

닷새째 날이다. 점심을 먹고 은행에 다녀왔다. 검은색에 광택이 눈부신 외제 승용차가 보이지 않는다. 아내가 기다렸다는 듯이 옷자락을 당긴다. 차 주인을 보았다고 한다. 스포츠형 머리도 아니고 검은 선글라스도 쓰지 않았더란다. 키도 그렇게 크지 않고 팔뚝에 흑룡도 보이지 않았다고 한다. 말쑥한 신사차림이더란다. 다소 안심이 된다.

어느새 새로운 용기가 생긴다. "이 사람 다음에 또 차를 주차하면 그냥 두는지 봐라. 좋은 게 좋다고 내가 참았지만 한 번 더 불법주차하면 요절을 낼 기다." 큰소리 쳤지만 내심은 그 차가 다시 보이지 않기만 바랄 뿐이다. 하필 그때 전에 들은 '조폭 보스는 일류신사 모습을 하고 있다' 라는 말이 떠오른다.

다음 날 아침에 출근하니 그 외제 승용차가 그 자리에 또 주차되어 있다. 오늘은 결판을 내리라 단단히 마음먹고 차 주인을 기다린다. 그런데 시간이 갈수록 왠지 마음이 무거워지고 초조해진다. 일전에 찾아왔던 검은 선글라스 낀 어깨들이 그 차 주인에게 얼차려 하는 모습을 보았다는 식품점 주인 이야기가 더욱 속을 켕기게 한다.

아내가 속내를 눈치챈 듯하다. "인제 그만 잊으소. 당장 손해도 없고 별일 없는 것만도 다행 아인기요?" 이때다 싶어 목에 힘을 준다. "무슨 말씀! 버르장머리를 고쳐주어야지." 잠시 가장으로서 체통을 보여야겠다는 허욕이 독사처럼 고개를 쳐든다. 머릿속은 빛과 어둠이 교차한다. 의식 내면 한 구석에서는 '아서라. 쓸데없이 만용 부리다 다친다.' 라는 메시지가 끊임없이 경보를 울려댄다. 사십 년이나 같이 산 여우가 어쭙잖은 허세를 놓칠 리가 없다.

사람들이 지나가면서 하는 이야기를 들었는데, 차가 주차해 있어도 괜찮을 성 싶단다. "고급 차를 뽑은 걸 보니 도자기가 잘 팔리는 모양이다."라고 하더란다. 그날 이후 그 고급 외제차는 매일 이른 저녁까지 우리 차가 되어 가게를 빛내주고 있다.

'그래 조폭 놈아! 너 전용 주차장 해라. 오후에라도 차 빼주는 것만도 고맙게 생각하련다.'

이제 차 주인과 실랑이할 필요가 없다. 보이지 않는 피해의식도 사라졌다. 오히려 그 차 덕분에 가게 잘된다는 소문났으니 얼마나 다행스러운가.

밟히고 사는 재미

속이 더부룩하고 노곤하다. 오랜만에 고기에다 반주까지 곁들였는데 몸에 힘이 빠지고 누울 자리만 보인다. 거실 소파에 앉아 저녁 뉴스를 보고 있는데 텔레비전 소리가 거슬린다. "소리 좀 줄이면 안 돼요." 공연히 아내에게 짜증을 부린다. 아내는 소리를 줄이기는커녕 시끄러우면 잠이나 자란다. "아직 초저녁인데 잠은 무슨 잠, 속이 메스꺼워 죽겠구먼." 위로의 눈길이라도 기대해 보지만 어림없다. "일 낼 줄 알았지, 왜 사람 말을 안 듣고 그래요."

다짜고짜 마룻바닥에 엎드리란다. 아하! 그랬구나. 한마디 대꾸도 못하고 눈치만 슬금슬금 보면서 아내가 시키는 대로 할 따름이다. 마루에 엎드린 채 양팔은 뒤로하여 바닥에 붙이고 얼굴은 옆으로 돌린다. 후! 하고 숨을 내쉬고 몸의 힘을 최

대한 뺀다.

드디어 아내가 밟기 시작한다. 목뼈부터 시작해서 등줄기를 따라 앞 발바닥으로 자근자근 밟아 내려간다. 등줄기 어느 뼈마디에서 '두둑' 소리가 난다. 이제 일어나 앉으란다. 두 주먹으로 어깨부터 등줄기 따라 콩콩 두드린다. '끄르륵' 소리와 함께 트림이 나온다. 참 신기한 노릇이다. 발바닥, 그것도 평발에다 나무토막처럼 무딘 발로 밟았는데 뱃속에 시원한 바람이 통하는 기분이다. 또 밟히었지만 싫지는 않다.

가난한 시골집 일곱 남매의 맏이인 나는 신혼 때부터 아내에게 원죄 같은 부담을 안고 살 수밖에 없었다. 아내는 여고 신입생 시누이를 달고 신접살이를 시작해서 겨우 졸업시키고 나니 원망만 돌아왔다. '어석술 차고 누이 집에 간다.'라는 속담은 옛적 이야기일 뿐이다. 대학 안 보내준 서운함만 원망 보따리가 되어 돌아왔다. 여우 피하고 나면 범 만난다더니 이번에는 더 힘든 과제가 이어졌다. 재수하는 셋째와 고등학교 신입생인 막내 시동생을 위해 새벽밥 짓고, 매일 도시락을 서너 개씩 싸야 했다. 거기다 제사가 많은 집이라 삼복중에 한 주일 사이로 연달아 세 번 기제사를 모셔야 하는 일도 여간 힘겨운 일이 아니었다.

가뜩이나 아내에게 빚이 많은데다 나이 들면서 하도 자주 아내에게 밟히는 바람에 기가 다 죽었다. 저녁 식사 때만 해도 그랬다. 오랜만에 오붓한 휴일 저녁을 위해 부챗살인가 하는 비싼 고기에다 소주까지 대령하니 감지덕지했다. 시장하던 참에 급하게 젓가락질을 하는 모습을 힐끔힐끔 보던 아내가 드디어 밟기 시작한다. "누가 빼앗아 먹을 사람도 없는데 천천히 꼭꼭 씹어서 드이소. 고개를 숙여야 반찬을 흘리지 않지요. 국물을 후루룩 소리 나게 들이키면 공기 들어갑니다." 잔소리 들을 때는 싫지만 다 맞는 말이다. 그러니 날이 갈수록 기가 죽을 수밖에.

초유의 경제 위기를 맞아 다니던 은행이 문을 닫는 바람에 졸지에 백수가 되었다. 가장 아쉬운 게 기동력이었다. 운전면허증이야 일찌감치 따놓았지만 쓸 일이 별로 없었다. 그때만해도 직장에 가면 업무용 차량이 있었고 집에 오면 아내가 운전을 전담했다. 처음부터 운전을 하지 않을 생각은 아니었다. 아내는 내가 운전대라도 잡으려 하면 극구 반대했다. 아이들까지 내가 운전을 하려들면 차타기를 망설였다. 평소에 물건을 다루다가 자주 망가뜨리거나 고장을 내는 바람에 기계치라는 별명을 달고 있기 때문이다.

내 무딘 운동신경을 인정하지 않을 수 없는 결정적인 일이 생겼다. 그해도 눈이 많이 왔다. 설 명절을 맞아 고향집에 가던 날이었다. 집 뒤 양곡창고 마당에는 먼저 온 앞집 아들이 자동차를 주차해놓았다. 아내가 주차하겠다는 걸 빼앗다시

피 해서 운전대를 잡았다가 멀쩡한 앞집 차를 들이받아 휴지 조각을 만들어 놓았다. 소문은 엉뚱하게 퍼졌다. 내가 음주 운전을 해서 대형사고를 냈다고. 수습하느라 진땀을 뺐다. 집안은 물론 동네 망신당하고 아예 기계치로 소문났다. 설 명절을 거꾸로 쉬고 집에 돌아오던 날, 아내와 아이들에게 무참히 당하고도 한마디 대꾸도 못했다.

딸의 혼인을 앞두고 새 양복을 사 입었다. 새 양복을 입고 지인의 아들 결혼식장에 갔다가 가까운 친구를 만났다. 서로 살아가는 이야기를 나누던 중 농원 이야기가 나왔다. 친구는 그렇잖아도 매실나무에 관심이 많아 구경하고 싶던 차라 했다. 가까운 거리이니 당장 보여달라는 말에 양복 입은 채로 농원에 갔다. 갑자기 가는 바람에 농원 출입문 열쇠가 없는 건 당연했다. 가시철망 울타리를 넘는 수밖에 달리 방도가 없었다.

친구를 먼저 들여보내고 내 차례가 되어 한쪽 발을 들어 철 망을 밟고 올라서기 위해 다리에 힘을 주었다. 철망을 넘는가 싶었는데 미끄러져 반대편 바닥에 나뒹굴었다. 마침 비 온 뒤라 흙투성이가 된 것도 모자라 웃옷은 가시철망에 걸려 하필 등 쪽이 ㄱ자로 찢어졌고, 바지는 엉덩이가 길게 찢어져 속옷이 드러났다. 순간의 가벼운 처신이 새 양복을 걸레 조각으로 만들어 놓았다.

위로술을 산다며 집 근처까지 따라온 친구와 소주잔을 주고받다 보니 목소리가 커지는 줄도 몰랐다. 마침 옆자리에 있던 이웃이 나를 알아보고 아내한테 아저씨가 싸우고 있다고 전화했다. 흙이 묻은 데다 찢어진 양복에 목소리까지 크니 영락없는 싸움패 모습이었을 테다. 아내 손에 끌려 집에 온 나는 혹독한 대가를 치러야 했다. 그날 나는 내 작아진 모습에 죽고 싶을 만큼 자괴감에 빠졌다. 더는 작아지기 싫어 오히려 성질을 부렸다. "양복 한 벌이 뭐 그리 대수냐. 옷이야 새로 사면 될 터인데 다친 걱정은 왜 못해주느냐." 그때 이후로 대세는 아내 쪽으로 완전히 기울여졌다.

음식을 급하게 먹는 탓에 체하는 경우가 잦다. 육식이나 단단한 음식을 먹고 난 뒤에 속이 더부룩하고 노곤해지면서 머리털이 서면 무조건 아내에게 밟히는 신세가 된 지도 한참 되었다. 나이를 먹을수록 아내의 잔소리가 나이만큼 비례한다. 엎드려 밟히는 건 괜찮아도 서서 혹은 앉아서 수시로 밟히고 살자니 말년에 이 무슨 낭패인가 싶다.

황혼기를 맞은 많은 남자가 분노의 폭탄을 달고 살아가는 게 현실이다. 그럼에도, 폭탄이 터지게 할 수는 없다. 길가의 잡초처럼 수없이 밟히고도 스스로 살아남을 방책을 찾아야 한다. 가만히 생각해보니 답은 가까이에 있다. 그래, 밟히고 사는 것도 괜찮은 방법이다. 무저항이 최고의 무기임을 진작 알았으면 좋았을 텐데.

  아내가 잔소리할 때는 누군가처럼 마음속으로 '고향의 봄'을 부르기로 했다

웬수덩어리

　여행 떠났던 아내가 귀국을 위해 공항으로 가는 중이라는 메시지가 왔다. 인천공항으로 가는데 상세한 일정은 다시 연락하겠노라는 내용도 덧붙였다. 두고 간 여행 일정표에는 도착 일정이 없었기에 문자 메시지만 기다릴 수밖에 없었다. 메시지는 그것으로 끝이었다.

　시간이 지날수록 궁금증이 더해지고 조바심이 난다. '연락 바란다.'라는 메시지를 여러 차례 보내고 통화버튼을 눌러대도 감감무소식이다. 또 하루가 저녁노을 속으로 사라져 간다.

　저녁 끼니를 차려 먹는 대신 술병을 찾는다. 독주를 마시고 눈을 감아보지만, 정신은 시간이 지날수록 말똥말똥해진다. 인터넷 검색을 하고 뉴스에 귀를 기울이면서 시간 죽이기를 해도 더디게 흐르는 시간을 앞당길 수는 없다. 조바심을 안고 밤과 씨름하노라니 어느덧 창밖이 붐해온다. 주체할 수 없는 게 사람의 마음인가 보다. 시간이 흐를수록 조바심이 원망이 되고, 원망이 불안으로 바뀐다.

아침도 거른 채 가게에 나가 전화기만 바라보고 있노라니, 침묵이 지루하다. 비상 연락망이라도 알아 두었어야 했건만 너무 소홀했다는 후회가 든다. 혹시라도 비행 사고라도 나지 않았을까 노파심이 온갖 상념에 들게 한다.

다행히 여행 출발 때 함께 배웅했던 김 선생이 도착 일정을 알려왔다. 새벽에 북경 공항에 도착했는데 갈아타서 11시 반경에 대구공항에 내릴 예정이라고 한다. 불안하던 마음은 흘러가는 흰 구름처럼 사라지고, 대신 원망과 분노가 먹구름처럼 몰려온다. 어렵사리 마음을 추스르고 공항으로 차를 몰아간다.

출구를 나오던 아내가 나를 발견하고 의외라는 표정이다.

"알아서 갈긴 데 가게 안 보고 뭣 하러 나와요!"

"그걸 말이라고 하나? 집에 가서 이야기합시다."

가게에 도착해서 어찌된 영문인지 아내를 닦달한다. 날을 바짝 세웠지만, 결과는 비참하다. 어차피 가게 때문에 마중은 못 나올 텐데 도착 일정이 뭐 그리 중요하냐는 투다. 받은 메시지와 두고간 일정표를 들이대도 꿈쩍도 하지 않는다. 놀다 보니 아무 생각도 안 나더라는 것이다. 더는 어찌해볼 수가 없다. 끓어오르는 화를 참느라 열까지 세기를 몇 번이나 했다.

아내가 여행에서 돌아온 날 저녁, 함께 여행하지 못하고 일산 암센터에 입원했던 이 선생이 퇴원한다는 전화를 받았다. 여러 날 집을 비운 탓에 먹거리가 변변찮으니 찬거리를 부탁한다고 했다. 시차 적응이 덜 되어 쏟아지는 잠을 참으면서 밤새워 반찬을 만드는 아내 모습이 피곤해 보이지 않았다. 독이 바짝 올라 잠자리에 들지 못하는 나에게 뜬금없이 한마디 던졌다.

"여행, 정말로 즐거웠어요. 하도 재미있어서 진짜로 메시지 헷갈렸다니까요."

아내들이 잘 쓴다는 문자가 떠오른다. '웬수덩어리'

'됐다. 탈 없이 잘 다녀와서 다행이다. 어이구! 이 웬수덩어리야.'

함께 여행 다녀온 아내 친구 몇이 가게에 들렀다. 이 선생 문병 다녀오는 길이라고 한다. 이태 전에 교직에서 퇴직한 이 선생은 운동과 여행을 좋아해서 늘 앞장서서 이벤트를 만들곤 했다. 이번 아내 여행도 이 선생의 주선이 큰 힘이 되었다. 즐거운 여행을 그리던 그녀가 여행을 앞두고 말이 어둔해졌다. 입원해서 정밀 검진을 받은 결과 암을 선고받았다. 한순간에 말이 안 되고 스스로 움직일 수 없게 되었으니 심적인 충격이 더할 것이다.

"어쩌다가 그런 일이…."

"산다는 게 참 허무하지 예!"

동창생들이 한마디씩 하면서 눈시울을 붉힌다.

"여행이 얼마나 재미있었는데! 편지 이벤트가 하이라이트를 장식했답니다."

눈물을 훔치던 총무가 분위기를 바꾸기위해 여행 이야기를 끄집어낸다. 여행 출발을 일주일쯤 앞두고 총무라는 분이 메시지를 보내왔다. 아내 모르게 사랑의 편지를 써서 보내주면 즐거운 이벤트를 벌일 예정이라고 했다. 좋은 아이디어라는 생각이 들었지만, 마침 아내와 사소한 다툼으로 냉기류가 흐르던 중이라 편지 쓸 마음이 나지 않았다. 마감일이 지나고 또 부탁 메시지가 왔다. 출발이 임박해지니 마음이 약해졌다. 아내의 친구들이 받은 편지를 읽고 즐거워하는 모습이 연상되었다. 시간이 촉박해서 편지는 짧게 쓰고 써둔 글 중에서 아내가 좋아할 글 한 편을 골라 동봉했다. 거기다 지난 봄, 매화 농원에서 모임을 하고 난 후에 신 선생이 쓴 「매화, 정情에 취하다」라는 수필을 작가 허락도 받지 않고 찬조 출연시켰다.

북경공항에서 환승 대기 시간이 길어서 총무가 편지 이벤트를 준비했더란다. 편지에다 칭찬 글까지 두 편이나 보냈으니 아내가 표정 관리하느라 애를 먹더란다. 분위기를 탄 때문인지 '내생來生에 지금 남편을 만나면 다시 결혼해서 살겠느냐?' 라는 질문에 아내 혼자만 그러겠노라는 대답을 했다는 것이다. 편지 글 쓴 보람이 있다는 생각을 했다.

'나이 들수록 건강이 제일이다.' 라는 말을 남기고 허허롭게 발걸음을 돌리는 아내 동창들을 배웅하고 나니 갑자기 궁금증이 떠오른다. 정말로 아내가 그런 대답을 했는지 믿어지지 않는다.

"진짜 그리 말했나?"

"그럼, 진짜지."

"뭐가 좋아서?"

"좋긴, 당신보다 더 성질 고약한 인간 만날까 봐 겁이 나서지."

달콤하던 순간은 한 줄기 바람처럼 지나가고 아내에 대한 애증이 교차한다. 부부는 전생의 원수끼리 만난다고 했던가. 지난 세월 나 자신의 모습을 돌이켜보면서 잠시 회상에 젖는다. 이날까지 건강 지키고 살아온 것만도 얼마나 감사할 일인가! 그것도 모르고 얼마나 교만을 떨었는지 가늠되지 않는다.

가슴을 쓸어내리면서 되뇐다.

'그래, 당신 안 아프고 살아 준 것만도 진짜 고맙다.'

나의 글쓰기 노트

　직장 생활에서 물러나 새로운 삶을 산지도 십 수 년이 지났다. 갑자기 직장을 잃은 초기에는 아픔도 많았고 어려움도 많았다. 일하지 않는 삶은 무미건조하다는 생각에 가게도 내고 농원도 가꾸었다. 시행착오로 고민하고 실패도 겪었다. 그래도 중단하지 않고 다시 시도했다. 그렇게 할 수 있었던 것은 하고 싶은 일을 해왔기 때문이지 싶다. 글쓰기를 시작한 것은 행운이었다. 내가 하고 싶던 일을 할 수 있고 그것을 글로 쓴다는 사실이 즐거웠다. 직장을 잃었다는 아픔에서 자유의 의미를 찾았으니 무척 감사하다는 생각을 한다.

　내 삶의 계절도 늦가을에 접어들었다. 늦가을이 되면 농원에는 가을걷이가 끝나고 겨울을 준비한다. 과일나무는 가지치기를 해서 짐을 덜어준다. 퇴비를 넣어주고 EM 발효액으로 만든 농약도 뿌려야한다. 가을은 무거운 짐을 내려놓고 겨울잠에 들 채비를 해야 되는 시기다. 겨울에는 휴식과 새로운 시작을 위한 준비를 해야 한다.

늦가을에 농원에 서면 나는 찬란한 새봄을 꿈꾼다. 새봄이 오면 생명의 신비가 가슴 뭉클한 감동을 안긴다. 매화가 꿀벌을 불러들이면 나는 벗들을 부른다. 찻잔에 매화향기 띄워서 차 한 잔 나누는 즐거움이 봄맞이로 자리한지도 여러 해가 되었다.

지난해 매화차 모임에 함께했던 문우의 「매화, 정情에 취하다」를 함께 실었다. 남들처럼 성공을 이루지도 못했고, 자랑할 일도 생각나지 않는다. 다만 내가 좋아하는 일하면서 수필로 작은 즐거움을 만들어가는 삶에 감사할 따름이다.

매화, 정情에 취하다

봄이 울렁거린다. 도심 속의 야트막한 구릉에 자리한 매화 농원의 한낮이다. 열댓 명의 문우들이 꽃향기에 취해 도도하다. 하회탈 닮은 마음씨 좋은 주인장의 초대로 펼친 물오르는 농원의 야외나들이이다. 흐드러진 꽃을 배경으로 잔디밭에 자리를 깔았다.

아침부터 많이 망설였다. 아내와 나들이를 계획한 날이기 때문이다. 어느 쪽을 택할까? 한쪽을 버려야 다른 쪽을 얻는 평범한 진리 속에 잠시 갈등했었다. 작년의 기억이 강하게 다가왔다. 작년 이맘때쯤 매화 향에 오감이 감동했고 글벗들과의 만남에 흥겨웠던 추억이 더 진하게 잡아당겼다. 그래, 매화꽃 피는 농원의 잔치는 오늘밖에 없지 않은가.

은은한 향이 콧속으로 스며든다. 멋들어진 도자기에 알맞게 우려낸 작설차 한잔. 운치 있게 빚은 찻잔 속에 안주인이 따온 반개한 매화 한 잎을 띄운다. 잠깐 꽃잎은 날개를 편다. 잔을 든 손가락을 통해 전해오던 감성이 봄바람에 춤을 춘다. 문우들과 주고받는 눈빛만으로도 마음이 평온하다. 잔속의 꽃잎을 씹으니 알싸한 향이 혀끝에 감돈다. 녹차 맛은 잘 모르지만 애써 음미하려고 눈을 스르르 감는다. 편안하다. 그리고 아늑하다. 어린 시절 시골 외할머니댁에 간 기억이 겹쳐진다. 소꼴을 먹이러 간 개천가의 미루나무 아래에 팔베개하고 두둥실 떠가는 흰 구름만 하염없이 보던 기분이었다.

꽃등을 단 듯 환한 잔치로 사방은 눈 내린 듯하다. 십여 년 넘게 정성으로 가꾼 매화농원은 이제 주인장의 보물창고이다. 이곳도 한때는 소나무와 잡목으로 무성하던 야산이었다. 주인장은 마른 하늘에 날벼락 같은 IMF 사태로 직장 퇴출을 당했다. 인생의 무장해제였다. 당시의 고통과 울분으로 피눈물을 흘렸고 눈을 감아도 잠을 이루지 못했으리라. 잊고 새 삶을 얻기 위해 세월을 삭히고 흙과의 싸움 끝에 이 풍성한 매실 농원이 뿌리를 내렸다. 비로소 마음의 평화도 얻고 평소에 좋아하던 글쓰기에 심취하게 되었다.

도란도란 주고받던 정담이 잦아들자 누가 먼저 시작했는지 동요가 흘러나온다. 둥그렇게 자리해 '수건돌리기'라도 하는 듯 유년 시절 동심으로 돌아간다. '은하수', '반달', '동구밭 길', '시냇물' 논에 물꼬가 터진 듯 거침없이 나온다. 노래 한 자락 끝날 때마다 한잔의 곡차가 돌아가고 귀 쫑긋 세워 듣고 있던 매화 몇 잎 바람에 떨어진다. 도도해진 흥취에 동요에서 가곡으로 그리고 가요로 건너뛴다. 봄날의 아늑함과 매화 향의 알싸함, 곡차의 달콤함 탓이리라. 오페라 아리아 한 곡에 나도 판소리 한 마당으로 화답해본다. 봄날은 아직 익지도 않았건만 이렇게 가는 것일까. 알 수 없는 서러운 감성이 치솟아 하늘을 우러러보았다.

슬며시 일어서서 농원 주변을 산책했다. 드문드문 홍매화가 피고 복숭아꽃도 몇 그루 눈망울을 붉히고 있었다. 몇몇 여문 우가 안주인과 함께 지천으로 돋은 산나물을 캐느라 분주하다. 비닐봉지에 소복이 담긴 봄 향기가 풋풋하고 싱그럽다. 언제 왔는지 새 한 마리가 눈앞 매화나무에 앉아 무어라 지저귄다. 그도 나처럼 마음씨 좋은 주인 초대로 봄나들이 왔을까. 매화 향 찾아 이 봄날 나와 친구하러 왔는가. 귀엽고 사랑스럽다고 생각한 순간 저쪽으로 날아가 버린다.

농원의 해거름은 한걸음 빨리 온다. 어느새 차려졌는지 만찬이 들판에 펼쳐진다. 구수한 된장국에 직접 담근 매실 장아찌, 두릅 장아찌가 방금 숨아 절인 채소와 함께 비빔밥으로 나온다. 우러난 마음으로 손님을 위하는 안주인의 정성이 더 맛깔스럽다. 내 언제 이렇게 손님을 불러 대접한 일이 한 번이라도 있었던가. 먹으면서도 감사하고 자신에게 부끄럽다. 더불어 살고 남을 배려하며 살아야 한다는 생각만 앞설 뿐 실천하기는 쉬운 일이 아니거늘. 문득 하늘을 보니 동녘 하늘에 상현달이 빙긋이 웃는다.

시나브로 매화 농원에 어둠이 깔렸다. 봄은 부르지 않아도 오고 배웅하지 않아도 가지 않는가. 봄을 찾고 느끼기 위해 농원을 찾았다. 언제부턴가 움츠려진 내 마음에 봄의 정령을 불어넣고 싶어서 글벗들의 모임에 끼어들었다. 행복한 하루였다. 이제 꽃은 스러지고 봄은 가뭇없이 지나간다. 오늘 나는 봄꽃보다 소중한 마음을 얻었다. 그들과의 끈끈한 우정과 추억은 쉽게 사라지지 않는다. 봄꽃보다 아름다운 주인의 심성은 오랜 시간 꽃불로 가슴속에 남을 것이다.

청매원의 봄

지은이 _ 이기창

초판 발행 _ 2014년 2월 10일

펴낸곳 _ 수필미학사
펴낸이 _ 신중현

등록번호 _ 제25100-2013-000025호
등록일자 _ 2013. 9. 2.

대구광역시 달서구 문화회관11안길 22-1(장동) 출판산업단지 9B 7L
전화 _ (053) 554-3431, 3432   팩시밀리 _ (053) 554-3433
홈페이지 _ http://www.학이사.kr
이메일 _ hes3431@naver.com

저작권자 ⓒ 2014, 이기창
이 책의 저작권은 저자에게 있습니다. 저자와 출판사의 허락 없이
내용의 일부를 인용하거나 발췌하는 것을 금합니다.

ISBN _ 979-11-951489-7-4 03810

※ 수필미학사는 도서출판 학이사의 수필 전문 자매회사입니다.